為美好的世界獻上祝福！16

落跑女神Go Home！

Kadokawa Fantastic Novels

為美好的世界獻上祝福！

CONTENTS

為美好的世界獻上祝福！16

落跑女神 Go Home！

暁なつめ

illustration 三嶋くろね

Kadokawa Fantastic Novels

Character
阿克婭
職業 大祭司
任誰都無法控制的水之女神。專長是宴會才藝。
和真
職業 冒險者
尼特主角。優點在於幸運值之高。
達克妮絲
職業 十字騎士
專司防禦的受虐狂女騎士。其實是大貴族家的千金。
惠惠
職業 大法師
紅魔族首屈一指的天才。只對爆裂魔法有興趣。
點仔
爵爾帝
巴尼爾
年齡不詳的大惡魔。在維茲的店裡幫忙。
維茲
在阿克塞爾經營魔道具店的老闆。是個和平主義者卻也是巫妖。

第一章 搜索出走女神！

1

一把年紀的自稱女神離家出走了。

感覺應該會有人說你在說什麼不過事實就是如此我也沒辦法。

阿克婭留書離開豪宅了。

至於被她留下來的我們——

「好了，我們請各位冒險者過來集合，所為無他——就是關於魔王的大軍即將襲擊這個城鎮的傳聞。」

我們不是去追阿克婭，而是來到了冒險者公會。

很不湊巧地，我們接到了公會的召集。

雖然很想丟下其他事情去追阿克婭，不過事關這個城鎮的防衛工作讓我有點在意。

公會裡的桌子被重新排成一圈，鎮上的冒險者們以看得見彼此的臉的方式擠在桌邊坐了下來。

叫我們過來要討論的內容似乎是因應魔王的部下正在進行的阿克塞爾襲擊計畫。

審問了目前仍被收押的賽蕾娜，她表示即使沒有身為指揮官的自己，襲擊這裡的計畫也已經阻止不了了。

正當大家因為這個不太好的狀況而皺眉的時候，一名女魔法師舉起手說。

「所以，我們知道他們大概什麼時候會攻過來嗎？還有規模大概多大之類的。既然事先已經知道他們會來了，向王都的騎士團請求救援不就好了……」

這番發言讓其他冒險者也點頭贊同，然而負責主持會議的櫃檯小姐，好像是叫露娜的那位小姐搖了搖頭。

「根據之前抓到的幹部表示，一開始的計畫還考慮到要在阿克塞爾裡面找內應，策劃以少數部隊進行襲擊。但現在指揮官被抓起來了，他們大概會想來把人要回去吧。如此一來，敵人的規模想必也會變大。」

再怎麼說也是魔王軍的幹部，還活著的話確實是會想要救回去吧。

「正確的數量不清楚，不過以都是新進冒險者的阿克塞爾的戰力而言，想必會是一場艱

困的戰鬥。至於向王都求救的部分……其實，魔王軍似乎計劃在襲擊這裡的同時，派出主力部隊襲擊王都……」

露娜哭喪著臉嘆了口氣。

「所以我就挑明著說了，請各位不要期待援軍。畢竟，若是國家的中樞淪陷可就無從挽救了。各個城鎮的公會也都已經得知這次襲擊計畫，武功高強的冒險者和士兵們目前也都陸續前往王都。所以，這個城鎮必須只靠我們自己守住才行……」

說完，她帶著憂鬱的表情望向冒險者們。

換句話說，這是這個城鎮繼毀滅者之後所面臨的最大危機。

掌握現狀的冒險者們紛紛彼此交換意見。

像是完全封鎖城鎮的大門閉關堅守，在城鎮周圍挖一大堆陷阱，請鎮民也拿起武器組成臨時的民防團隊……等等。

每個意見頂多是可能多少有點用處的程度，沒什麼能夠在防守城鎮上成為決定性關鍵的主意。

不過，我在冒險者們身上沒有感覺到像機動要塞毀滅者的時候，那種悲壯和絕望感。

現在的對手純粹只是戰力上有差距，但還能靠武器對付的魔王手下。

雖然說大家都是低等級的冒險者，但只要在場的所有人團結起來就有辦法克服。

在公會內此起彼落的都是這種積極正向的意見。

……該怎麼辦呢？

我之所以來這裡，有一部分是想借助大家的力量去找阿克婭的說……

……先守住阿克塞爾再去找那個傢伙嗎？

可是阿克婭說過，在魔王軍襲擊王都、唱空城計的時候正是大好機會。

既然如此，要是時間過太久，那個專當特攻隊長的女神恐怕會闖進魔王城裡面去。

應該說等級一的我留在鎮上能做的事情也有限。

然而，在這個大家準備團結一致守衛城鎮的氛圍當中，要我說我們得啟程去追回隊友，這種話我還真有點說不出口……

該怎麼說呢，這聽起來像是臨陣脫逃的藉口……

「佐藤……佐藤和真。我沒見到阿克婭大人的身影，怎麼了嗎？」

正當我雙手抱胸煩惱不已時，突然有個人對我說話。

「……？……什麼嘛，原來是山崎啊。」

「是御劍！你也差不多該記住我的名字了吧，沒有一個字是對的！我、我說，你每次都說錯我的名字，其實是故意的對吧？……算、算了，這不重要，更重要的是阿克婭大人怎麼了？她今天沒有和你們在一起嗎？」

出現在我眼前的是帶著兩個年輕女跟班，佩著魔劍的劍術大師——御劍。

「你要找阿克婭的話，她留書出走了。應該說，你為什麼會在這個城鎮啊？我在報紙上偶爾也會看到你在王都有所表現喔。現在王都面臨危機你不去支援沒關係嗎？」

我這麼問御劍。

「我聽說阿克塞爾這裡有危險所以來當援軍。畢竟這裡是阿克婭大人當成據點的城鎮……不過，離家出走？阿克婭大人終於受不了你了嗎？所以最重要的阿克婭大人現在上哪去了？」

而御劍則是對阿克婭離家出走表示強烈的興趣。

「我也想知道阿克婭閒晃到哪裡去了好嗎？那個傢伙留書說要去討伐魔王，好像是大半夜就離開了。如果她搭了深夜馬車的末班車的話，現在應該到阿爾坎雷堤亞了吧。她還說魔王軍幹部剩沒幾個，現在搞不好可以打破魔王城的結界。」

「討伐魔王！」

御劍的聲音在公會內迴盪。

他的大嗓門和發言的內容讓四下陷入一片寂靜。

在這樣的狀態下，御劍揪住我的領子說。

「你說討伐魔王？阿克婭大人隻身啟程去討伐魔王了嗎！那你在這種地方做什麼啊！」

「你還問我在做什麼？我也是不久之前才發現阿克婭不見了，之後就接到召集，所以才會像這樣出現在這裡啊！」

聽見我和御劍的對話……

「阿克婭小姐一個人出遠門？喂喂，太亂來了吧。」

「居然讓那個人自己一個人出遠門，未免也太魯莽了吧！而且還搭深夜馬車，豈不是叫不死怪物來找她嗎！」

「阿克婭小姐的生活能力之低落可不是蓋的。那個人明明已經在這個城鎮住了這麼久，但到現在還是偶爾會迷路喔。怎麼可能去得了魔王城啊！」

公會裡的冒險者們變得鬧哄哄的，像是搗了馬蜂窩似的。

是說，事到如今好像也不需要提了，不過她也太好嗆了吧。

「冷靜一點！各位請冷靜！……在座的各位，有沒有人在今天見過阿克婭小姐？」

露娜放聲這麼說，讓公會內瞬間鴉雀無聲。

不久之後開始到處傳出有關阿克婭的情報，但還是沒有得到有力的線索。

該怎麼說呢，阿克婭似乎在我不知道的時候和各式各樣的人建立起深厚的交情呢。

就連沒和我講過幾句話的冒險者也全都在擔心阿克婭的安危。

……沒想到那個傢伙其實挺有人望的嘛。

這麼交遊廣闊的話，在傀儡化的冒險者們翻臉不認人的時候會大受打擊或許也是無可奈何的事情。

……不過害這麼多人為她擔心，找到阿克婭之後可得把她罵到哭出來才行。

為了這麼做，也得先……！

「我、我不能再這樣待著了！我要去追阿克婭大人！佐藤和真，你要怎麼辦？你當然也會追上去對吧？要不要和我一起走？」

被御劍搶先說了。

「別、別為難我們了！像御劍先生這種高等級的冒險者，我們想請你防衛王都或這個城鎮啊……！有關搜索阿克婭小姐的事宜，我會趕緊通知各城鎮的公會就是了……！」

聽御劍那麼說，露娜連忙對我們這麼表示。

……就在這個時候。

「喂，妳就讓他去吧！」

一頭暗沉金髮，大白天就喝得醉醺醺的小混混突然破口大罵。

眼神凶惡的小混混坐在椅子上，坐沒坐相地伸長了腳。

「不過只是要保衛這個城鎮，只靠在場的這些人就有辦法解決了吧。喂，小妞！這裡可是有一大堆高等級冒險者，只是妳不知道罷了！別想著依賴那種帶了兩個女人的後宮混球，依賴我們吧！」

然後說出這種讓人搞不懂到底帥不帥氣的話。

在那個小混混，也就是達斯特身邊的，是一副驚慌失措，不知道該不該阻止他繼續口出惡言的芸芸。

還有幾個也不阻止達斯特，只是望著這陣騷動看好戲的人，是和達斯特一起組隊的奇斯他們。

看來芸芸終於也交到可以在公會裡混在一起的朋友了，這固然是好事一樁，不過我覺得她應該慎選朋友。

話說回來，有很多高等級冒險者是怎麼回事？

「不，話不是這麼說的……！各位冒險者當中，等級在二十以上的有幾位？我想幾乎都是等級在十以上不到二十的人吧。以冒險者的基本而言，在等級超過二十後，慣例上都會離開這個城鎮，將據點轉移到更好賺的怪物棲息的地區。所以，等級在二十以上的人在這個城鎮頂多只有幾個吧……」

在我歪頭不解的時候，露娜也一臉困惑地如此說明。

應該說，原來正常而言在等級超過二十的時候就會轉移據點啊？

我們是因為在這個城鎮有家了，所以不曾在意這種事情……

每次都在對上小嘍囉的時候陷入苦戰，所以一點感覺都沒有，不過我們其實是等級挺高的一支小隊呢……

以等級最高的惠惠為首，除了變成等級一的我以外，我們的平均等級大約是三十左右。

我不知道一般冒險者的升等效率是怎樣，不過這一年多以來不斷對抗強敵的我們成長速度應該很快才對。

就在這個時候。

一名男冒險者站了起來，喃喃說了一聲。

「我的等級有三十二。」

「……咦？」

聽了他的發言，露娜驚叫出聲。

不久之後，另一個男人也跟著站起來。

「那個……我的等級有三十八……」

「咦？」

在兩名男子的帶頭之下，公會內的冒險者們紛紛站了起來，報出自己的等級。

站起來的，每一個都是等級在三十以上的人。

其中甚至有等級超過四十的。

原本還半信半疑的露娜在依序確認過那些冒險者們的卡片之後……

「……為、為什麼各位的等級都已經練到這麼高了，卻還待在這個城鎮呢！這個城鎮附近的怪物，對各位的升等效率應該很差了吧……？」

如此放聲大叫，聲音當中夾雜著驚訝與困惑。

對此，一名冒險者害羞地抓了抓頭。

「當然是因為喜歡這個城鎮啊。」

然後說出這種令人感動的帥氣台詞…………

……但我不小心發現了。

他們之所以留在這個城鎮的理由。

「各、各位……！……我們一起守住這裡吧！可以的，一定可以的！有這麼多武功高強的冒險者在一起，一定可以守住這個城鎮！我們一起努力吧！各位，我們一起合力保衛這個城鎮……！」

正當露娜和公會職員因為感動而溼了眼眶，說出這種話的時候……

我發現，站起來的高等級冒險者們，只有男的。

而且他們的長相我都很熟悉。

……不就是夢魔開的店的那些常客嗎？

2

在公會內熱鬧異常的時候，御劍沒有理會喧嘩的冒險者們，拿出地圖在桌上攤開。

「這裡。這裡就是魔王城。」

御劍這麼說，手指著的是位於地圖西北方的，畫著黑色的城堡標誌的地方。

然後，從魔王城一直往南，則是王都的城堡標誌。

「如你所見，想去魔王城的話，最快的方式就是找人用瞬間移動魔法送自己到王都去，然後從王都徒步前往。在王都和魔王城的交界，也就是國境附近，除了佐藤以前曾經去過的堡壘之外，還有許多已經要塞化的小城鎮。應該可以在那裡補給食糧才對。」

御劍一邊為我們說明，一邊用手指畫著前往魔王城的路徑。

對此，坐在我身旁的惠惠開口說道。

「……阿克婭那個人真的會像那樣直截了當地過去嗎？我想她應該會有拐彎抹角的想法，或做出奇怪的事情……總之，我覺得她應該會有某些多此一舉的舉動，不會直線前進才對。說不定她連準備出發也拖拖拉拉的，其實還在阿克塞爾附近呢。」

完全掌握住阿克婭的行動的這番發言，讓達克妮絲也不住點頭。

當然我也這麼覺得。

應該說以那個傢伙的個性，一定在半路上就鬥志委靡而裹足不前，一邊稍微期待我們去追她的可能性，一邊盡可能繞遠路走安全路線。

不如說她很有可能在路上也順路繞到各處的村莊去，放飛自己的好奇心而做出多餘的事情來才對。

望著地圖看了好一陣子之後……

「雖然是繞遠路，不過從阿爾坎雷堤亞也去得了魔王城呢。」

我喃喃地說道。

水都阿爾坎雷堤亞。

那裡是阿克西斯教的總部，從那裡往東北前進還可以通到紅魔之里。

然後，雖然大概是因為養護工程不太完善所以畫得很細吧，不過從阿爾坎雷堤亞往西北方也有一條通往魔王城的路。

我來試著預測一下阿克婭的想法好了。

她從家裡衝出去之後，一開始還意氣風發地踏上旅程。

但是，從那封信的附言部分推測，她心裡其實已經相當畏縮了。

既然如此，她應該不敢一個人去才對。

雖然剛才發現高等級的冒險者其實出乎意料地多，不過基本上這個城鎮的冒險者多半都是菜鳥。

如果阿克婭打算僱用人手的話，應該會去比較遠的城鎮找武功比較厲害的人才對。

然後…………

「反正依那個傢伙的個性，八成會像第一次在這個城鎮找夥伴的時候一樣，把招募隊員的門檻設得很高吧……」

我回想起自己還在和阿克婭兩個人行動的時候，她在招募小隊成員的必須項目上面寫了限上級職業，結果只有惠惠一個人來。

那個時候，就連討伐五隻蟾蜍的任務都超出我們所能負荷，所以才招募隊員。

「這讓我想起一開始的時候。我記得，那時我在身無分文、好幾天都沒吃飯的狀態下，偶然看見有人在招募隊員……」

惠惠似乎也回想起當時的事情，一臉懷念地說出這種話來……

「然後，我也因為看見渾身都是蟾蜍黏液的阿克婭和惠惠，而下定決心要加入這支小隊。渾身黏液又放聲哭喊的阿克婭、動彈不得而被和真揹著的惠惠，看見這樣的兩人，讓我覺得笨拙的自己或許在這支小隊也混得下去……啊、啊！放手惠惠，我說得都是真的吧！」

也不管惠惠開始拉扯達克妮絲的頭髮，我用手指在地圖上比畫。

「阿克婭走的路線應該是這樣。我覺得她不會去王都，而是走以前旅行的時候走過的路線。她應該會搭共乘馬車前往阿爾坎雷堤亞，並在那裡僱用武功高強的冒險者，不過反正又會因為標準過高而找不到任何同伴吧。然後，在無計可施之下，她就會去找阿爾坎雷堤亞的阿克西斯教徒們哭說不敢自己一個人去才對。」

「……嗯，鐵定是這樣。」

「我完全可以想像過程中的每個細節了。」

「你、你們等一下。你們幾個到底把阿克婭大人當成什麼了啊！」

我們對阿克婭的行動預測得如此完美，唯有御劍一個人唱反調。

這麼說來，這個傢伙到現在依然不知道阿克婭是怎樣的人是吧。

「你或許是有很多意見，不過這個路線八成不會錯。我們和她相處了這麼久的時間可不是假的。雖然那個傢伙已經前進了很久，不過我想應該會動不動就被捲進麻煩當中之類的，路上拖拖拉拉地花掉很多時間，所以現在出發應該還追得上。」

聽我這麼說，儘管御劍半信半疑還是點了頭。

「……既然你都這麼說了應該不會錯吧……現在是中午啊……動作快一點的話，應該趕得上今天的共乘馬車的觀光用班次吧。那班車的速度不快，不過只要多給點錢……嗯，之後再來個強行軍，應該可以追上阿克婭大人才對。那麼……」

他這麼說完後，便急忙站了起來。

即使看見御劍這樣的動作，露娜也已經不再阻止他了。

畢竟情況非比尋常，她應該會就這樣讓御劍上路吧。

露娜似乎也很掛心阿克婭，她看著我們微微一笑，然後大聲對著冒險者們喊話。

「那麼，各位冒險者，接下來開始分隊！已經組成小隊的人請聚集在一起！我們會各自分配部隊編號，以及防衛時的職責……」

聽露娜這麼說，冒險者們各自分成小團體站在她面前。

我和惠惠、達克妮絲，還有御劍以及他的兩個跟班，一起站在遠離大家的地方。

不久之後，各自分好隊的冒險者們依序領到號碼……

只有芸芸一個人落單。

……不行，那個孩子並不擅長找夥伴和分組這類的事情。

芸芸在不知所措地環顧四周之後，總算走到她認識的達斯特他們的小隊旁邊去，但是既沒有加入他們也沒有離開，保持著微妙的距離，一個人有所顧慮地站在那裡。

——然後，她立刻就被達斯特找麻煩。

「喂，妳在幹嘛？這裡不是妳該待的地方。」

聽達斯特吐出這種要說很過分確實也很過分的話，我才回想起自己在第一次遇見他的時候也被他找過麻煩，心想這麼說來這個傢伙就是這種人，於是嘆了口氣。

本來還覺得他最近變得比較好相處了，看來那只是錯覺。

「那、那個……對、對不起…………」

芸芸低頭道歉個沒完，同時準備離開達斯特他們身邊。

再怎麼說這樣也太過分了吧。

我開始覺得應該要唸他幾句，就在這個時候……

「妳想去哪裡啊？妳該待的地方是那裡吧。」

達斯特抓住垂頭喪氣地拖著步伐準備離開現場的芸芸，拖到我們這邊來了。

「…………？」

正當被帶過來的芸芸露出愣住的表情，以狐疑的眼神仰望達斯特的時候——

「妳大概是這個城鎮數一數二的強者了吧。那個讓我看了就不爽的魔劍老兄，和妳這個貨真價實的紅魔族聯手起來的話，就算要對付魔王說不定也能打得不相上下吧？妳啊，給我去那個煩死人的魔王那邊跑一趟，代替我們給他一點顏色瞧瞧吧。」

「喂，芸芸是貨真價實的紅魔族的話，那我又是什麼魔族，你說說看啊！」

在惠惠因為達斯特的發言而氣憤不已時，達斯特對依然疑惑地仰望著自己的芸芸說。

「只有這幾個傢伙我實在很擔心。如果只是要去帶阿克婭大姊回來的話也就算了，但依照這些傢伙的慣例，大概又會被捲進什麼不太好的事情當中吧。不像那個掛名大法師，妳這個貨真價實的大法師還是跟著他們去吧……放心吧，妳不是會用瞬間移動魔法嗎？萬一碰上什麼緊急狀況的話，妳可以丟下這些傢伙，一個人回來就好了。」

這個小混混，最後輕描淡寫地說的是什麼鬼話啊！

「喂，你說的掛名大法師指的是誰，給我說清楚喔！」

正當惠惠如此逼問達斯特的時候……

「——我知道了。我去協助阿克婭小姐！去幫朋、朋友……的忙，也是理所當然的事情……」

芸芸害羞地如此嘟囔，同時露出笑容。

聽著這一連串發展的露娜，雖然因為會用上級魔法的芸芸要離開而略為面有難色，不過，或許是害怕被小混混找麻煩吧，她並沒有多說什麼。

「紅魔族是有人找架吵必定奉陪的種族。你想吵架，我就奉陪到底。來啊，我們到外面去！」

在惠惠抓住達斯特的衣服用力拉扯想把他帶到外面去的時候，御劍露出爽朗的笑容，朝芸芸伸出一隻手。

「看來事情已經談妥了呢。那麼……妳叫芸芸對吧？我們一起走吧。原來妳是大法師啊，真是太可靠了。我看妳好像也沒有固定的小隊，不然在這趟旅程結束之後，妳也可以加入我的小隊和我一直在一起。」

「那個……這、這個倒是不用……」

芸芸戰戰兢兢地抓住御劍伸出來的手輕輕握了手之後，拒絕了加入小隊的邀請。

「…………」

「沒、沒關係啦，響夜！你還有我們在啊！」

「就、就是說啊！雖然說有個大法師加入能夠讓我們的小隊更均衡，不過她在這個城鎮也是有名的魔法師……！所以說，你想想，這也是無可奈何的事情！」

御劍露出有點受傷的表情，於是兩個跟班開始安慰他。

「達斯特老弟——！達斯特老弟——！型男大人挖角失敗了啦！看他伸手伸得像是在搭訕一樣，原來型男大人也會被甩呢！」

「噗哈哈哈，活該——！就連這個出了名的邊緣人，在交朋友的時候還是會挑的呢！」

「不、不是……！我、我的意思是像我這種人、加入了應該也只會添麻煩……！不不不、不是啦……！和真先生、達斯特先生，真的不是，請不要再說了！」

我和達斯特趁著這個大好機會調侃御劍，讓芸芸連忙出面緩頰。

「煩、煩死人了……！這兩個人真的很煩耶！響夜，這兩個人一看就沒有女人緣，別理會這種人說的話！」

「你這個小混混閃一邊去！走開，噓、噓！」

在兩名跟班面露嫌惡之色時，御劍好不容易振作起來說。

「那、那麼，我們差不多該動身了……要去追阿克婭大人的，有我和我的兩個同伴，還有以佐藤為首的你們四個人對吧……不過，我覺得這趟旅程是個大好機會。既然魔王軍前來攻打城鎮和王都的話，就表示魔王城裡只有最低限度的敵人了吧。趁他們因為受到結界保護而掉以輕心的時候，由阿克婭大人解開結界，我們就可以攻進去……如何？我覺得應該會很順利。」

這個傢伙說的話怎麼和阿克婭那麼像啊。

應該說，在目前的氣氛當中說這種話好像也不太適合，不過……

「不好意思，我並不打算去追阿克婭。我之所以來這裡也是為了請高等級的冒險者去找那個傢伙，是來發委託的。因為，我現在是等級一。」

聽我這麼說——

「等、等級一？為什麼事情會變成這樣？你原本就已經夠弱了，這樣……」

「等等，你輸給原本就已經夠弱的我好幾次，沒資格說那種話！」

如果我也像這個傢伙一樣能夠使用那種外掛魔劍的話，我也不是不願意去追阿克婭。

但是，現在的我的基本參數和一般人差不了多少；不對，像我這種現代人搞不好還要更孱弱，我並不打算在這種狀態下出遠門。

「不對，先別管那些了，佐藤和真！你和阿克婭大人相處了這麼久，卻打算把這件事情交給別人去做嗎！你這樣還算是……！……等一下，你剛才說了另外一件更令我在意的事情。你是不是說我輸給你好幾次？我輸給你的時候，也就只有魔劍被搶走的那一次吧……」

御劍一邊若有所思，一邊唸唸有詞，這時露出一臉不安表情的惠惠對我說。

「和真，你不去追阿克婭嗎？等級的問題，我覺得在旅行的途中應該多少可以提升個幾等吧……」

「追是想追，不過現在的話即使是和哥布林單挑我也有把握在千鈞一髮之際被殺掉。高等級的惠惠和耐打的達克妮絲也就算了，我去了也只會絆手絆腳吧。」

聽我這麼說，同樣略顯不安的達克妮絲也開了口。

「不，我會好好保護你的。所以和真……」

「這次沒有阿克婭在喔。也就是說我如果和平常一樣因為不小心出了什麼差錯而死的話，也沒有辦法活過來喔。根據過去的冒險經驗，妳們要是還有自信敢說自己能夠讓我放心的話就開口吧。」

兩人立刻別開視線。

「……我這個人呢，最討厭動畫和漫畫當中偶爾會出現的那種，只憑著正義感或是衝動就說什麼『我不去不行……！』之類的，一個人擅自行動，最後還被敵人抓起來當人質，給大家添麻煩的女主角了。所以說，我覺得明知道會絆手絆腳的話不如交給能力夠的傢伙去辦比較好。」

現在這個情境，正是那個廢柴女神擅自行動讓大家擔心的狀況。

更何況，那個傢伙的目的是打倒魔王回天界。

即使追上她把她帶回來，也無法解決任何問題。

這時，原本一臉有話想說的御劍重重嘆了口氣，點了點頭。

「……這樣啊，我明白了。既沒有得到神器或特殊能力又變成等級一的你，只是個平凡的高中生。我不會叫這樣的你踏上嚴苛的旅程。相對地，我追上阿克婭大人之後可能會直接去打倒魔王，這樣你也無所謂吧？」

「你有辦法的話儘管打倒魔王也無所謂，不過那是所謂的死亡旗標喔。」

不過，話雖如此……

「就像你剛才說過的，我也覺得你的小隊加上阿克婭和芸芸的話，挺有可能對付得了魔王。以均衡度而言算是相當理想的小隊結構。」

對於我的出言肯定，御劍露出驚訝的表情。

又不是像之前那些能夠想辦法靠運氣和施計設陷來對付的對手，我想把對付魔王的最終決戰讓給真正的開外掛主角。

應該說，反而是之前太過順利了。

我可沒有魯莽到在沒有任何勝算的狀況下，只想著仰賴恰好發生的奇蹟。

都已經變成等級一，完全無力化了，我這種奇葩也差不多該退到一旁去，從事一些符合能力範圍的冒險了。

「惠惠、達克妮絲。以現在的狀況而言我是個一無是處的累贅，不過妳們是優秀的戰力，所以就和御劍一起去追阿克婭吧。我留下來看家就是了。」

我也就算了，現在的她們兩個即使面對魔王也能夠與之對抗。

既然如此，跟著想要打魔王的御劍上路才是為了世界好。

不過，惠惠沉思了一會兒之後說。

「……不，我要留在這裡。我也知道自己有多難運用。如果沒有和真的指示，我一定會在第一次遇見怪物的時候便劈頭施展魔法，之後就只是包袱了。所以我決定和你一起等大家回來。」

「……那我也留下來好了。十字騎士的使命是守護他人。負責防衛阿克塞爾應該比較派得上用場吧。而且……」

達克妮絲一副有話想說的樣子，忍不住偷瞄我。

「……怎、怎樣啦。」

「……不，沒事。」

怎樣啦，有話想說就說啊！

應該說，不只達克妮絲，連惠惠也扁著嘴一副欲言又止的樣子。

……這兩個傢伙是怎樣，太久沒被「Steal」了是不是？

3

為御劍和芸芸他們送行之後，沒什麼事要做的我們回到了豪宅。

「我們回來了——」

惠惠打開了門，明知沒有人在卻還是這麼喊。

……不對，被聲音吸引的黠仔跑到門口來了。

「等等，我不會放妳出去喔！庭院裡長著危險的蔬菜，所以在收割之前妳得在我們看得到的地方玩。」

惠惠抓住想去外面玩的黠仔，將牠抱起來。

長在庭院裡的那些蔬菜，我真想趁這些傢伙不在的時候除掉。

這時，走進家門的達克妮絲四處張望，隱約顯得有點不自在。

「……？幹嘛，怎麼了？」

「啊、啊啊，沒什麼大不了的。我只是在想，平常大家一起回到家裡來的時候，都是阿克婭搶先報平安……」

看來她是因為沒聽到阿克婭的「肥來惹——」而感到空虛。

……的確，平常的話就只是個很吵的傢伙，不見人影的時候卻讓人不太自在。

一方面也是那個傢伙不見人影的時候，就讓人擔心她會不會在我們沒看到的地方闖禍，讓人在另一種層面上感到不自在。

「哎呀，有寄給和真的信件耶？」

惠惠看了一下門上的郵筒之後這麼說，然後把信遞給了我。

我瞬間還以為是不是迷路的阿克婭寄信來求救，但是在看見寄件人的名字之後整個人頓了一下。

「喔，是我妹寄來的信！」

「是愛麗絲殿下寄來的信吧，給我改口。」

沒理會吐嘈這種雞毛蒜皮的小事的達克妮絲，我喜不自勝地瀏覽了信件——

『敬啟者　來到落葉紛飛，雪精們也開始三三兩兩地露臉的季節了。

像這樣突然寄信給您所為無他，我想您應該也已經收到消息了，魔王軍似乎在策劃傾全力襲擊王都。

預料率領這支大軍的將是魔王的女兒。

據傳，魔王之女擅長率領軍隊，過去更曾經襲擊紅魔之里，將之完全燒燬。
這次的人類與魔王軍之戰想必非常激烈。
落筆至此簡直像是在道別似的，不過王都有許多像兄長大人一樣黑髮黑眼的強大戰力，所以不要緊。
畢竟現在，以紅魔族為首，全世界的各路精英都正在陸續聚集到王都來……！
聽說不久之前，兄長大人在逮捕魔王軍幹部賽蕾娜之際曾一度喪命。
知道您依然活躍如昔我固然很高興，但也希望您不要做太多危險的事情。
據說阿克塞爾也和王都一樣列於襲擊計畫當中，在此懇祈您能夠珍重自愛。
願我能夠成為令您以身為我的兄長為傲的妹妹——

敬筆
貝爾澤格・史岱歷什・索德・愛麗絲

附言　如果我幹掉魔王之女的話，兄長大人會誇獎我嗎？』

「「「…………………」」」

看完信的我們無言以對。

……咦，難不成情況其實挺不妙的嗎？

不，賽蕾娜和我談到這個的時候，她確實說過人類這邊會輸沒錯啦。

應該說，像是讓我以身為她的兄長為傲，還有如果幹掉魔王之女什麼的，都讓我聞到危險的味道。

「吶，愛麗絲不會上戰場對吧？這種時候為了保留王族的血脈，都會讓公主殿下先逃跑對吧？」

「通、通常是這樣沒錯……但是愛麗絲殿下在歷代王族當中，也是勇者血統的表徵特別濃烈的一位。我國是對抗魔王軍的防衛線，若是滅國將使人類面臨滅亡的危機。如此一來，或許會將殿下以人類的王牌之姿投入戰局……」

達克妮絲露出一臉不安的表情，說出這種連我都感到不安的話語。

「那個孩子沒問題啦，再怎麼說她也是本小姐的部下兼基層人員兼左手。她一定可以和魔王之女單挑，然後讓對方哭著回家吧。」

「妳、妳這個傢伙差不多一點喔，再繼續隨便對待愛麗絲小心被權貴人士整治。」

惠惠一派輕鬆地這麼表示，不過該怎麼說呢，我的胸口深處有種悶悶的感覺。

就像是賽蕾娜來到鎮上，我無計可施只能乾瞪眼的時候那種悶悶的感覺。

阿克婭也好愛麗絲也好，在大家面臨困境的時候我卻無能為力，大概是覺得這樣的自己很窩囊才會有這種感覺吧。

不對，可是我好像從以前開始就是這樣。

這種悶悶的感覺我有印象。

在我不小心看見我的青梅竹馬兼初戀，坐在不良學長的機車後座的時候就有這種感覺。

那時，我告訴自己這是無可奈何的事情，然後就漸漸變得足不出戶了。

可是，我得到了在這個世界從頭來過的機會。

可惡，這種時候我真的好想要外掛啊！

如果有什麼讓我也能夠對抗魔王的東西，這次我一定會——

（這個男人抱著頭扭來扭去的，真不知道到底是怎麼了？）

（大概是聽說就連年幼的愛麗絲殿下也可能要上戰場，讓他感覺到內心的糾葛了吧……好。）

不知道在和惠惠交頭接耳什麼的達克妮絲清了清喉嚨之後表示。

「吶，和真。反正我們也沒事做，不如接下來去轉換一下心情如何？去找對於我們而言是原點，同時也是宿敵的對手。」

說完，她露出開心的表情。

4

說到我們的原點兼宿敵，應該不需要多加說明了吧。

我在阿克塞爾旁的廣大平原上——

「都告訴妳們我等級一了不是嗎，不要忘記我一不小心就會死掉！達克妮絲！達克妮絲！快點想辦法處理那隻蟾蜍——！」

被巨型蟾蜍追著跑。

「不對，達克妮絲，請妳先處理我這邊！已經到脖子了！我現在正因為史上最高的被吞食率而面臨危機！」

拚命吶喊的惠惠已經把魔法用掉了，同時脖子以下都被吞了進去。

「妳已經派不上用場了所以繼續像那樣絆住那隻蟾蜍！我要是被吞進去了可得等到達克妮絲那個廢物的攻擊命中才能獲救啊！」

「和真被蟾蜍吞食的經驗不多才能說出那種話來！對於生物而言『被吃下肚』這種事情足以引發最純然的恐懼……！」

「妳這個傢伙在天氣更冷的時候被吞下肚不是還說過蟾蜍體內很暖和嗎！」

在我對惠惠回嘴的時候，在追著我跑的蟾蜍後面追著蟾蜍跑的達克妮絲手持已經出鞘的大劍，放聲大喊。

「和真，蟾蜍動來動去的我沒辦法處理，所以你暫時停下來別動！放心吧，相信我！」

「在這種狀況下我哪能相信妳啊！……啊！對了，用誘敵技能！妳為什麼要追著牠打啊，不會用誘敵技能拉過去喔！」

「引誘敵人的技能『Decoy』我從剛才開始就一直在用！蟾蜍們也有學習能力更會進化！我穿著牠們不喜歡的金屬鎧甲，所以效果不彰！」

可惡，在最重要的時候卻這麼靠不住！

我伸手拿起腰際的鋼索，對著身後的蟾蜍丟過去。

「『Bind』——————！」

確認特別訂製的鋼索綁住蟾蜍之後，我一邊喘氣一邊停下腳步。

「沒有因為被情緒沖昏頭就去追阿克婭果然是正確選擇。」

「不、不對，你等一下！對象不是蟾蜍的話誘敵技能就起得了作用了，下次你一定要相信我！」

沒理會拚命辯解的達克妮絲，我給了被綁住的蟾蜍致命的一擊。

這也是自然界的定律，我會好好品嚐你的。

我對著被我解決掉的蟾蜍合掌唸佛，然後開始拆卸鋼索。

……沒錯，我在拆卸鋼索。

「……奇怪？」

這時我感覺不太對勁。

應該說，為什麼我「能夠使用技能」啊？

我拿出冒險者卡片看了一下。

上面顯示，因為打倒蟾蜍，我原本是一的等級升到二了。

而且——

「還得到技能點數了。」

或許是見我茫然望著冒險者卡片而感到狐疑吧，達克妮絲對我喊話。

「和真，你怎麼了？卡片上面有什麼嗎？」

「……這個嘛，要說有什麼也算是有什麼吧。應該說……」

我對達克妮絲露出得意的笑。

「我的時代或許就要來臨了。」

並且給她看了記載於冒險者卡片上面的，已學習技能的欄位——

「——真是的，還說什麼我的時代或許就要來臨了咧！達克妮絲也一樣，居然忘記被蟾蜍吞掉的我，妳這樣還算是負責保護同伴的十字騎士嗎！」

「「非常抱歉。」」

回到豪宅的我們，被剛洗好澡的惠惠訓話。

被不得了的大發現沖昏了頭，我把惠惠給忘了。

對達克妮絲自豪地秀過卡片之後，我也打算對惠惠炫耀，才發現她已經連頭都被蟾蜍吞進去了，連忙把她救出來……

「我最生氣的一點，就是你用『Drain touch』給我魔力！平常你明明都會揹我的，我看你是不想沾到蟾蜍黏液對吧！」

「妳很清楚嘛……等、等一下惠惠，現在不是做這種事情的時候了！我有個天大的發現！所以，我接下來還有地方要去！」

面對打算掐住我的脖子的惠惠，我拚命地說服她。

如果這招順利的話，傳說或許會就此開始啊。

「維茲！我們現在就到維茲的店裡去！看家的階段到此結束！去維茲的店裡辦完事之後，我們就去追那個蠢貨！」

聽我這麼說，兩人瞬間露出驚訝的表情，然後隨即展現了最燦爛的笑容。

5

「呼哇——哈、哈、哈、呼哈、請來找我！好個不甘寂寞的女神哪！滿心期待有人會從後面追上來，一邊偷瞄後面一邊踏上討伐魔王的旅程！噗哇哈哈哈哈哈哈哈！」

在我拿出阿克婭留下的那封信加以說明之後，打工惡魔樂得捧腹大笑。

「巴尼爾先生，你笑得太誇張了！阿克婭大人一個人出外旅行耶！啊啊，這下該怎麼辦……依照阿克婭大人的習性，一定又被捲進什麼麻煩當中因而落淚了吧……！之前阿克婭大人說過，只要我成佛就好了……她之所以那麼說，原來是為了解除城堡的結界啊……」

而維茲一邊責備這樣的巴尼爾，一邊不知所措地又把阿克婭的信看了一遍。

我之所以來到維茲魔道具店，是為了買一樣東西……

「巴尼爾，等級重置魔藥有多少都給我！單價再怎麼敲竹槓都無所謂！」

聽我這麼說，除了巴尼爾以外的三個人都愣了一下。

「唔、喂，和真，你要那種東西幹嘛？」

「當然是重置等級啊！我要不斷升等再降等，爬上外掛主角的地位！」

即使等級降低了，學會的技能也不消失。

剩餘的技能點數也一樣，即使等級降低了也會留下來。

然後在這裡，光是打倒蟾蜍就能提升等級，而且每次升等都能得到技能點數。

作弊到我不懂為何之前都沒人這樣搞的技能點數無限增殖法。

我正打算興高采烈地告訴大家這個新發現，然而——

「……原來如此，原來如此。人類的想法真有意思。反覆降低等級，然後再升上去，藉此賺取技能點數啊……不過呢，一般而言即使辦得到也不會特地去做那種事情吧。」

巴尼爾盯著我上下打量，興致勃勃地點了頭。

這個傢伙又不經許可就透視別人還搶先破哏，可以不要這樣嗎？

「……不會嗎？為什麼？不是可以賺技能點數賺到飽嗎？」

對於我的疑問，巴尼爾從鼻子哼笑了一聲，害我不爽了起來。

「一般而言並不會那麼缺乏技能點數。任何人或多或少都有與生俱來的技能點數。說起來，就是俗稱的才能。那個可恨的女神，在成為大祭司的時候，也只靠一開始的點數就取得了所有的技能對吧？」

……這麼說來，阿克婭確實說過她取得了各式各樣的宴會技能加上所有的大祭司魔法。

……怪了？

我一開始的點數是零耶，這表示我完全沒有才能嗎？

也不管我的內心如此糾葛，巴尼爾繼續說下去。

「姑且將那個外掛女神視為超乎常規的案例好了。比方說，生來具備極高的魔法師素養的紅魔族幾乎所有人都學了上級魔法。那是因為那些人在成為大法師的時候，就用一開始擁有的技能點數學習上級魔法。如果碰到只靠一開始的點數無法學習的狀況，那些人也會靠名為養殖的方式賺經驗值，或使用所謂的升技魔藥，協助同伴直到學會魔法為止。因為只要學會上級魔法之後，就可以一個人輕鬆練等了。」

唯一一個沒有學會上級魔法的例外就在我身邊呢。

不過，惠惠和達克妮絲也只是學習技能的配點方式比較奇怪而已，如果配點方式正常的話並不會缺點數嘍？

「……就算是這樣，應該沒有人會不想要大量的技能點數吧？只要去城鎮外面獵個幾隻蟾蜍就可以隨便升個兩三等，菜鳥冒險者們只要每天重複這樣練，大家都可以從一開始就學會自己選擇的職業的所有技能……」

「…………那個，和真……」

「……？」

惠惠以一種小心翼翼的感覺開口說道。

「……一般來說，等級沒有那麼容易升上去喔。以正常狀況而言，想把等級升到十，順利的話要一年。想把等級升到離開這個新手鎮的目標等級二十的話，普遍得花上五年。」

「惠惠一直以來都是以爆裂魔法一舉掃蕩強敵，我則是吃了很多富含經驗值的食材，所以等級才升得比別人快。不過，和真的話……」

沒理會難以啟齒的兩人，巴尼爾以開心的語氣對我說。

「越是天生欠缺才能的人，等級越容易提升，這是這個世界的常識！」

「「啊！」」

……我背對著大家開始默默把玩起附近的商品，這時巴尼爾對我說。

「基本上能夠隨口說出要重置等級，是因為汝是異世界人。降低等級就會變弱。活在這個嚴苛的世界的人，即使是暫時的也無法接受自己變弱，此乃生物的本能。能夠毫不抗拒地輕鬆做出那種事情的人，頂多只有身為和平世界的居民的汝等了吧。基本上，只要別動念學爆裂魔法之類的特殊技能，在成為資深冒險者的時候，必要的技能都已經學齊了。像汝這樣，無論過了多久都還是最弱職業的人，一般而言並不存在。」

「「……異世界人？」」

惠惠和達克妮絲倒是被出乎意料的地方釣中了。

……這麼說來，我好像還只有對她們兩個說，我是來自遙遠的國家是吧。

「異世界的居民是怎麼回事？和真不是這個世界的人嗎？」

「……我記得，你以前是說過你來自遙遠的國家……」

可惡的巴尼爾，居然在這種時候節外生枝。

「這個部分改天再說。好吧，現在我知道這個世界的人不喜歡重置等級了。不過我並不在意，所以你把等級重置魔藥賣給我吧。」

「很遺憾的已經沒剩了。那原本就是違禁品。生產那種藥本身就是被禁止的事情。」

咦？

「扯了這麼久才說沒有是怎樣啊你這個混帳！既然你都透視過我了，我想要什麼這種小事你應該一開始就知道了吧！」

「呼哈哈哈，因為吾想吃汝的負面情感啊！話說回來了小鬼，現在放棄還太早。為了答謝汝的負面情感，吾告訴汝一個好消息。」

這個傢伙，居然因為阿克婭不在就趁機戲弄我！

「說穿了就是想降低等級對吧？這個世界上，有種人稱最為惡劣的狀態異常攻擊之一

的，名為等級吸收的招數。只要善加利用能夠使用這招的怪物……」

「原、原來如此！可以用那招來升等降等是吧！」

正當我因為看見一絲光明而高興時，巴尼爾開心地點了點頭又說。

「嗯，就是這樣。話雖如此，能夠使用等級吸收那種凶惡攻擊的，只有部分超大咖的不死怪物而已。一般來說要遇見都已經是罕事一樁了，想善加利用那種怪物更是不可能……但幸運的是，這裡就有一個身為超大咖不死者而且還非常友善的巫妖！」

「太厲害了！和某個女神不一樣，你偶爾還幫得上忙嘛！」

正當巴尼爾因為被拿來和某個女神比較而不爽地扯了扯嘴角時……

「那、那個……巫妖確實有等級吸收能力，不過很遺憾的，並沒有辦法蓄意引發某種狀態異常。巫妖在帶著敵意進行攻擊的時候，會隨機引發狀態異常，包括等級吸收在內，還有詛咒、昏睡、封印魔法、恐慌等等。除此之外還有石化和即死等等致命的狀態異常……」

「這樣啊，太可惜了。那麼，我們就當作沒有這回事……」

看見我果斷放棄技能點數增殖法，惠惠和達克妮絲儘管有點傻眼，卻還是帶著苦笑嘆了口氣。

我知道啦，我也是很珍惜生命的。

「人類還是踏實努力最重要。輕易得到強大的力量，總有一天遭到反撲。那類事物也都附帶著重大的壞處。」

聽惠惠這麼說，讓我不經意地思考起我帶來當成轉生特典的阿克婭。

選擇阿克婭的時候，的確有一部分是對那個傢伙氣到想給她點顏色瞧瞧。

不過我忍不住覺得，我之所以被阿克婭害得這麼辛苦，是因為我心想「帶走可以給人外掛的女神大人不就是最強的嗎？就像是可以實現一個願望的時候，許願說請讓我實現無限個願望一樣」，想要這樣作弊而受到的懲罰。

在我因為反撲和壞處等正重要害的字眼而糾結不已的時候……

「攻進魔王城，打倒魔王。對方也有隨扈在保護，看來這次除了正面進攻之外別無他法了。這樣一想，就像你之前說的一樣，御劍的小隊加上阿克婭和芸芸的組合確實不錯。將魔王軍趕盡殺絕到能讓阿克婭打破魔王城結界的地步，這無庸置疑是你的功勞。你已經充分盡到你的職責，是時候悠閒一下了。」

「說得也是。以阿克婭的個性，或許差不多已經害怕到準備回家了呢。既然如此，我們不如在家裡守株待兔準備對她訓話吧。」

達克妮絲和惠惠難得說出這種縱容我的意見……

……不對，我自己也知道。

老實說，我也想和這兩個傢伙一起去追阿克婭，實現她討伐魔王的願望。

然後，我唯一能夠引以為傲的，甚至也能算是外掛能力的，就是運氣好了。

——看著兩人一副想說這也是無可奈何的事情，並露出達觀的苦笑安慰我，讓我下定了決心。

「……吶，維茲。我可以問一下妳的瞬間移動魔法登錄了哪些地方嗎？」

瞬間移動並不是能夠毫無限制地飛到任何地方的魔法。

必須先登錄轉移的目的地，登錄數量最多也只有三個。

聽我這麼說，維茲在疑惑之餘點了一下頭之後說。

「我的瞬間移動魔法登錄的地方，一個是這個城鎮的入口。然後第二個目的地，由於生意上的因素，我最近改成紅魔之里了。」

「好，維茲。汝立刻將紅魔之里登錄為別的地方。」

也不知道維茲去紅魔之里是哪裡讓巴尼爾不高興了，他的臉色變得很難看。

「最後一個，為了收集魔法的素材，我登錄了號稱這個大陸最深的地城的入口……」

「就是那裡！」

聽到最後一個登錄地點，我不禁叫了出來。

我回想起，以前在對付機動要塞毀滅者的戰鬥中請維茲以隨機瞬間移動魔法傳送日冕礦石的時候，她說過登錄地點有一個是世界最大的地城。

既然是那樣的地城，想必一定多的是豐富的經驗值，應該說是強大的怪物才對。

我低頭拜託維茲。

「維茲，請妳在地城裡鍛鍊我。然後等我的等級升上去之後，我想請妳在地城裡對我用等級吸收。」

「咦咦！」

在維茲驚叫出聲的時候，惠惠和達克妮絲也慌了起來。

「和真，你有沒有認真聽說明啊！巫妖的狀態異常攻擊非常凶惡，石化和即死當然不用說，詛咒這種狀態異常會逐漸剝奪體力，以你的體力而言就連詛咒也是致命傷喔！」

「你這個傢伙平常明明那麼保守，偶爾卻會胡言亂語衝動行事到底是怎樣啊！現在阿克婭不在了喔，要是死了就……」

於是我對七嘴八舌地吵個沒完的兩個人說：

「啊啊夠了，吵死了——！妳們兩個現在就去跑遍整個城鎮，去幫我和每個看起來有好用技能的冒險者交涉！這樣等我從地城回來之後，才能立刻叫他們教我技能！」

已經完全豁出去的我近乎惱羞成怒地這麼放話。

被紅魔之里的大家知道自己只會用爆裂魔法，結果被調侃為搞笑魔道士、候補魔道士，應該一心只想著要打倒魔王讓大家刮目相看的惠惠。

其實立刻就想去追阿克婭卻壓抑自己，宣稱要留下來看家的達克妮絲。

還有，明明只有一個人心裡會很不踏實，卻因為不想讓我們淌渾水而自己擅自踏上旅程的阿克婭。

……每個傢伙都一樣。

真是夠了，每個傢伙都一樣！

平常明明愛怎樣就怎樣給我添盡麻煩，卻只有在奇怪的時候裝好人是什麼意思啊！

如果有辦法這麼貼心的話，平常就應該表現出來吧！

「雖然街頭巷尾都把我說成一無是處的鬼畜！不過再怎麼樣我也沒有懦弱到在這種時候把所有事情都交給別人去辦自己看家！巫妖的狀態異常攻擊，有等級吸收、詛咒、昏睡、封印魔法、恐慌、石化、即死是吧！其中詛咒和石化、即死是銘謝惠顧對不對？妳們兩個都和我一起行動這麼久了應該知道吧，好運如我哪有那麼容易抽到銘謝惠顧！好了，妳們快走！妳們兩個快點走！」

我模仿阿克婭的說話方式，揮手驅趕惠惠和達克妮絲。

「你、你是認真的嗎，和真……！不然，至少在調降等級的時候回到阿克塞爾來，先請祭司為你施展祝福魔法之類的……！」

「慢、慢著，和真，如果是這樣的話，我也跟去當肉盾幫你擋怪應該比較好吧……！」

兩人依然大呼小叫個沒完不肯離開，於是我半強迫地將她們從店裡趕出去。

然後，我再次轉頭面向維茲。

「就是這麼一回事。不好意思，可以請妳鍛鍊我嗎？目的是打倒魔王的我拜託原本是魔王軍幹部的妳做這種事情實在沒什麼道理，我也覺得自己這樣很厚臉皮就是了……」

「這、這個嘛，我也很關心阿克婭大人所以這倒是無所謂……只是我一個人可不敢保證能夠保護和真先生到最後喔？地城相當廣大。既有迷路的可能性，也有危險的陷阱……而且最重要的，還是我的技能會不會害死和真先……生…………啊啊！對喔！」

原本一臉為難的維茲，突然用力拍了一下手。

「巴尼爾先生！如果是巴尼爾先生的話，應該可以靠透視能力，事先得知發動在和真先生身上的會不會是致命的狀態異常吧！而、而且，如果是巴尼爾先生的話，也可以看出地城裡面哪條路才是正確的，還有哪裡設了陷阱。」

「吾拒絕。」

巴尼爾只用三個字便斷然拒絕了維茲提出的好主意，然後愉快地放聲大笑。

「呼哈哈哈，沒錯，吾就是為了這股負面情感才細心體貼地告知了那麼多！甚是美味、甚是美味，汝等兩人的負面情感，真是美味極了！」

嗯——總有一天我要消滅這隻惡魔。

「魔王會怎樣都不關吾的事，但為何身為惡魔的吾非得特地做出可能對女神有所助益的事情不可呢！噗哇哈哈哈哈，愉快愉快！女神那種東西還是在旅途之中迷路，隨便食用雜草吃壞肚子，就這麼翹辮子為佳！反正，那個傢伙一個人肯定到不了魔王城！呼哇——哈哈哈哈！」

「巴尼爾先生！至少在這種時候幫個忙也不會怎樣吧，如果你要那樣說的話，我也有我的想法！」

面對難得真心動怒的維茲，巴尼爾擺出逗趣的姿勢表示。

「哦哦？說說看吧，吾可沒有那麼容易屈服於脅迫之下……」

「我瞞著巴尼爾先生偷偷進貨的這堆商品。由於量實在太大，我本來還在煩惱是不是應該退貨，不過還是算了……啊啊！那些是我不打算退貨的重要物品，請不要試圖拿走！」

不想讓巴尼爾搶走商品的維茲和他扭打了起來。這時我面向巴尼爾……

「這麼說來巴尼爾，我還欠你一個人情呢。如果我能夠平安從地城歸來的話，這次我真的會償還當時的人情。」

我喃喃地對他這麼說。

「……？欠吾人情？」

維茲巴著被沒收的商品不放，而巴尼爾一邊從上面壓著她的頭，一邊疑惑地這麼問我。

「以前，我被阿克婭趕出豪宅的時候，你不是在半夜幫我闖進豪宅嗎？那個時候，我不是說好要收購維茲店裡沒用的高價商品嗎？」

「喔喔，確實是有那麼一回事……維茲，汝弄來的這一大堆破銅爛鐵馬上就可以銷掉了！所以……夠了，快放手！這裡面沒有任何一樣重要的東西，要吾說的話全都是破銅爛鐵！吾要將這些全部賣光！」

「請等一下，那不是破銅爛鐵！那是據說帶著就會有美好邂逅的玫瑰念珠……！」

我對著依然扭打得非常激烈的兩人說了。

「啊啊，不好意思，我要收購的不是那個。我已經決定好想要的東西了。而且，還是收購之後大概會讓巴尼爾非常開心的那種…………」

幕間 廢柴女神劇場①

深夜。

「聽懂了嗎，爵爾帝？如果我出了什麼事，你要拯救世界喔？」

面對呼呼大睡的爵爾帝，我如此向他道別。

爵爾帝在雞窩裡睡得很沉，即使身為女神的我就在他面前也絲毫沒有要醒過來的跡象。

果然不是池中物。

相傳，得到永生的上位龍族睡得越久，而這個孩子睡覺的時候都沐浴在女神的光芒之中，真不知道將來會變成怎樣。

「聽好了，爵爾帝。即使我遭遇到多麼不幸的事情，你也不可以為了幫我報仇而毀滅世界喔？媽媽不希望你那麼做。」

爵爾帝最喜歡我了，所以這個部分得好好跟他說清楚才行。

眼前的爵爾帝，對於惡魔的空殼絲毫不感到害怕，還用來當成床鋪睡在上面。

不怕女神也不怕惡魔的這個孩子，真是不愧對龍之帝王的名號。

熊熊燃燒的火焰般的鮮紅肉冠，可比黃金的黃色尖嘴配上純白的羽毛。

在趁分開之前盡情撫摸爵爾帝柔軟的羽毛時，我感覺到腳邊有個氣息。

「怎麼了，漆黑的魔獸。平常你對我予取予求，可是今天還有爵爾帝在，我可不會輸喔。如果你有任何要攻擊我的跡象，我就會吵醒爵爾帝叫他上喔。」

在我的腳邊窩成一團的，是不知為何視我為眼中釘的神祕魔獸，點仔。

牠好像覺得我在牠之下，拿走我的配菜和點心都不覺得怎樣，真希望牠可以不要這樣。

「……怎、怎樣啦，你是怎麼了？今天特別撒嬌耶。」

點仔默默用頭撞我的手，簡直像是想叫我摸牠的頭似的。

平常明明不太肯讓我摸的，貓就是這麼任性，真是的。

什麼嘛，又蓬又軟的是怎樣啊，真是的。

……真是的！

「難不成你是在挽留我不讓我去討伐魔王嗎？不過你太天真了，要是你以為只是讓我摸一下柔軟的毛皮就可以叫我延後出發日期的話可就大錯特錯了。不過嘛……如果你把肚子也給我摸的話，我也不是不願意延到明天再出發。」

我試著提出交易條件，不過肚子附近好像是牠堅持不肯讓步的地方，我才剛打算伸手牠就出爪抓了過來。

「對女神柔嫩的肌膚伸爪小心遭天譴喔。我偶爾會感覺到你身上散發出非人的氣焰，到

底是怎麼回事啊？不過是隻貓卻一直都這麼好聞，難不成你想當香皂之神嗎？浴室之神可不行喔，類別和我這個水之女神太像了。」

像是要表示抗議似的，點仔啃起我的羽衣。

那可是神器，可以不要把口水沾到上面嗎？

這時，點仔忽然看向空無一物的空間。

「哎呀，妳也來為我送行啊？」

在牠的視線前方的，是住在豪宅裡的地縛靈女孩——安娜。

平常這個孩子總是傾注自己的靈魂在捉弄我，不過今天好像不太一樣。

「妳今天一臉嚴肅是怎麼了？差不多想成佛了嗎？」

因為這個孩子說等到聽膩了我們的冒險故事後她自然會升天，所以我才置之不理沒有淨化她……

「妳一點都還沒有聽膩？……這樣啊。好吧，能在對於這個世界毫無依戀的狀態下升天的話，當然是再好也不過了。可是，妳不可以被艾莉絲發現喔。那個孩子腦袋很古板，不會像我這樣通融妳喔。」

聽了我的忠告，安娜先是點了點頭，然後……

「……………吶，妳可以不要說那種話嗎？那個叫做死亡旗標妳知道嗎？」

她拜託我在最後說個最精采的故事給她聽，這樣要是我沒有回來，她也不會有遺憾了。

我在草皮上坐了下來，結果平常明明不會這麼做的點仔緩緩爬上我的大腿。

「我說你們兩個，你們一副準備打持久戰的樣子我很傷腦筋耶。應該說，這樣我會來不及搭深夜的最後一班馬車耶……」

也不知道有沒有聽見我的抗議，點仔張大嘴打了個呵欠。

這兩個孩子是怎麼回事，知不知道自己正在妨礙我討伐魔王啊？

不過，也罷……

「真拿你們沒辦法。那麼，我說一個令人懷念的故事給你們聽好了……那是在勤勉的我還在天界努力引導死者的時候發生的故事。有一天，一個死法可謂世間罕見，穿著運動服的尼特被送了過來……」

——既然和我相處了這麼久的幽靈少女都拜託我了，我就乖乖順她的意吧。

為不死之王獻上地城！

1

——地下一樓——

「呼哈哈哈哈！呼哈哈哈哈哈哈！滾開滾開汝等哥布林，汝等想一起成為貴客的經驗值嗎！吾等不是來找汝等這種經驗值效率低落的雜碎！閃開，乖乖讓路吧！」

身為地獄的公爵，同時也是前魔王軍幹部的大惡魔巴尼爾。

這樣一個照理來說應該是最終頭目的角色，現在站在我們的最前面，驅趕著哥布林們。

衣著也十足地獄公爵風範，高貴且令人心生畏懼……

……才怪，他身上是襯褲、涼鞋搭汗衫的瞎趴穿搭。

我原本還覺得穿成這樣挑戰地城不太合適，不過我已經不想管這個傢伙的舉止了。

然而明明穿成這樣卻還是少不了那個看起來很邪惡的面具，更醞釀出奇妙的跑錯棚感。

「我完全沒想過有一天可以和和真先生還有巴尼爾先生像這樣一起冒險！今天我可不是

一直挨巴尼爾先生罵的沒用老闆，我要好好展現過去聲名遠播的大魔道士的實力！」

維茲在我身後開心地大聲這麼說。

我現在由巴尼爾和維茲在前後守著，以這樣的形式侵略地城。

今天的維茲不像平常那個窮困的沒用老闆，感覺非常可靠。

只是……

「巴尼爾也就算了，維茲……妳不需要武器或是防具嗎？」

維茲身上仍穿著店裡用的圍裙，該怎麼說呢，跑錯棚的感覺和巴尼爾的模樣不相上下。

襯褲配汗衫穿涼鞋揹包袱的面具男、穿著圍裙的女人，加上唯一一個一身重裝備的我。

看在旁人眼中，到底會覺得這群人是怎樣呢？

「沒問題！只有施加了魔法的武器，還有具備強大魔力的怪物的攻擊，或是魔法才傷得了巫妖！別看我這樣，我可是不死者之王呢！其實這個地城，是我第一次遇見巴尼爾先生的地方。看我大顯身手吧！」

亢奮地這麼回應的維茲讓人感覺有點可靠。

同時，我開始有點後悔拜託這兩個人了。

——地下五樓——

「狀況絕佳！狀況絕佳啊！今天的吾真是狀況絕佳！呼哈哈哈哈，區區食人魔竟敢擋在吾的前面真是太囂張了！連魔力都無需使用，吾赤手空拳就可以趕盡殺絕！」

「巴尼爾先生今天這麼好興致啊！不過，不把尾刀讓給和真先生的話就賺不到經驗值……」

巴尼爾和身高將近三公尺的食人魔展開激烈的肉搏戰，一旁的維茲則是一一觸碰剩下的每一隻食人魔。

被她碰到的食人魔們，有的口吐白沫倒下，有的失去意識動彈不得。

我想，牠們中的恐怕是狀態異常攻擊的詛咒和昏睡吧。

而收拾掉像這樣變得無法動彈的食人魔就是我的工作。

我很想說這只是賺取經驗值的輕鬆工作，但是不斷殺害無法抵抗的對手再怎麼說都會對精神造成影響。

話說回來，他們真不愧是前魔王軍幹部。

兩人完全不把食人魔大軍放在眼裡，以無雙狀態一一擺平。

我們以維茲的瞬間移動魔法來到的這個地方，不愧是號稱最大、最深的地城，通道的橫寬和每一層的天花板，都具備著讓龍族昂首闊步也綽綽有餘的寬度和高度。

進入地城後過了幾個小時。

和賽蕾娜交手的時候變成了一的我的等級很快就已經超過十，現在差不多將近二十了。

「解決這最後一隻食人魔，大概就…………好，等級二十！多虧你們兩個，我的等級跳得飛快。」

我拿劍指著被巴尼爾的關節技弄哭的食人魔，給了牠最後一擊後，報出我現在的等級。

把劍從食人魔身上拔出來的我對著那具屍骸雙手合十。

現在這種感覺像是在打電動一樣的練等方式，老實說讓我很心虛。

或許因為對手是具有智慧的人型怪物吧，我還是覺得內心有點吃不消。

可是，這也是為了變強，非常抱歉。

面對正在合掌的我，巴尼爾難得表現出困惑。

「嗯，等級已經提升那麼多了啊……吾原本就知道汝沒有身為冒險者的才能，不過沒想到有這麼嚴重。嗯……該怎麼說呢，就是……反過來想，就當作是汝具備等級很容易提升的才能好了……」

「我最不想要的就是你的體恤了好嗎？我還寧可你笑我……」

在巴尼爾這麼可憐我的時候，維茲戰戰兢兢地對我伸出手。

「那、那我要出招嘍……？巴尼爾先生，不會有事吧……？」

「嗯，沒問題。吾可以看見貴客活蹦亂跳的未來。」

「別叫我貴客，一切照舊就可以了。那就拜託妳了！」

經由維茲之手，順利降到等級一的我，總算是先鬆了一口氣。

「……真的成功了啊。太好了。」

「「咦？」」

巴尼爾這句話讓我和維茲愣住。

這個傢伙剛才說了什麼，他不是確實透視了結果嗎……！

「呼哈哈哈哈！是不是很擔心啊？是不是很擔心啊？在汝收購那個東西之前吾都會保證汝的安全，用不著擔心……喔喔，優質的負面情感，甚是美味！」

這麼說來這個傢伙的個性就是這樣。

——地下十樓——

「我、我說巴尼爾……這裡有多深啊？我們應該走了很久了吧？目前過了多久我一點頭緒都沒有。我還來不及好好準備什麼吃的東西就被帶到這裡來了耶。」

千里眼惡魔巴尼爾和不死者維茲，還有具備夜視能力的我。

由於所有人在黑暗中都能夠毫無障礙地視物，我們就這麼在沒有燈光的狀況下在地城當中前進。不過在看不見終點的不安驅使之下，我忍不住這麼問巴尼爾。

我沒有時間的感覺，但總覺得已經在這裡待了很久。

「根據吾的評估，最底下似乎是地下二十樓。時間差不多已經過了半天了吧。食物吾早已準備齊全了所以用不著擔心。」

巴尼爾輕輕拍了一下他揹在背上的包袱之後又說。

「……一般而言，這個規模的地城是一點點一點點進行探索，花上好幾個月來攻略。是因為路線和陷阱都有吾透視，才能在這麼短的時間內來到這裡，如果汝對這一點有深刻的了解，除了那個東西之外也可以多買些其他東西喔……話說回來，這裡真的是相當不錯的地城呢。乾脆到最下層去打倒地城的主人，將這裡占為己有算了。」

「不、不可以啦，巴尼爾先生，地城有我幫你打造！我的店還有很多地方需要你幫忙打理才行！」

巴尼爾和維茲一邊像這樣你一言我一語，一邊毫不畏懼地大搖大擺向前走。

巴尼爾的涼鞋啪噠啪噠地發出和氣氛一點都不搭的聲響，讓我差點不小心忘記這裡是危險的地城。

「……話說回來，你那身打扮是怎樣啊？我本來覺得不要多問比較好，但還是在意得不得了……」

「嗯？這身衣服啊。這是一位死了老公的貴婦貢獻給吾要吾穿的東西。吾穿著僅有的西裝打掃附近的水溝時，那位貴婦給了吾這套衣服，說比較方便活動。如何，好看嗎？」

巴尼爾展現他身上的襯褲與汗衫給我看。

乍看之下很像隨便一個正要去便利商店的大叔，只是因為那個面具……

「總覺得，也因為地點是這裡，看起來像是某種稀有怪物。」

如果冒險者看見現在的巴尼爾，或許會覺得是罕見的怪物而追著他到處跑吧。

「嗯，吾看起來像稀有怪物是吧？這下得向給我這身服裝的貴婦好好道謝才行了。」

看來對於惡魔而言，被當成稀有怪物聽起來似乎是讚美。

「……巴尼爾先生比我更像是社區的一分子呢……明明我都已經在那裡住了很久了………」

正當維茲垂頭喪氣的時候，前方傳來一陣低吼聲。

感應敵人技能的反應相當強烈，是強大怪物的氣息。

「喔喔，這種地方竟然有地獄犬！那個傢伙的毛皮能夠隨時保有溫暖的溫度，在冬天非常有用！維茲，千萬別讓那個傢伙逃走！抓到那個傢伙的話，吾就讓汝吃一個星期的肉！」

「對不起，我偶爾也想吃蛋白質！其實我很喜歡狗的，可是對不起、對不……啊啊！別逃啊——！」

——地下十三樓——

「吼嚕嚕嚕嚕嚕啊啊啊啊啊！」

「呼哈哈哈哈哈，區區蜥蜴還敢囂張！現在正是分清楚龍與惡魔孰強孰弱的時候……嗚、喂，維茲，還沒好嗎！這個傢伙正要開始準備吐火！負責壓制牠的吾的身體都因為熱度而燒焦了！」

「可、可是巴尼爾先生，雖然說是下位種，這個孩子也是龍族啊！龍族蘊藏著強大的魔力，靠過去要是被咬了就算是我也會痛的！」

「維茲，現在不是說那種話的時候了，巴尼爾他！巴尼爾他被吃掉了——！」

好久沒親眼見到龍了。

聽說這樣還只是下位，不過體型已經比常見的倉庫還要大上許多，簡直像是動不動就會吞掉一頭牛似的……！

「可惡，被吃掉一隻手了！地城裡沒有能夠替代身體的東西，要是一直被吃的話吾會整個消失！雖然龍不僅鱗片能高價賣出還有大量的經驗值，不過沒辦法了，維茲！放棄這條龍吧，用魔法收拾掉！」

「我知道了！我要出招了，『Cursed lightning』！」

儘管被啃掉一條胳臂，巴尼爾還是設法抵擋著那條龍，而維茲從這樣的他身後發出電擊魔法。

陰暗的地城當中，一道耀眼的雷擊奔馳而去。

藍白色的雷擊在龍的身上開了一個黑色的大洞，然後就這麼劈啪作響地朝四周發出強烈的閃光，持續了好一陣子。

不久，放電現象平息，四周又陷入黑暗之後，肚子上開了一個大洞的龍癱倒在地上，發出沉重的聲響。

不愧是巫妖，對付龍族竟然能一擊斃命。

「太厲害了……巫妖比龍族和惡魔還要厲害嗎？」

「！」

「呵呵，不死者之王可不是叫假的……你、你這是做什麼，請不要這樣巴尼爾先生，不要把你被咬斷的手臂湊過來好嗎……！」

或許是因為讓他陷入苦戰的那條龍三兩下就被維茲葬送，激起巴尼爾的競爭意識了吧，他開始惡搞維茲。

在這樣的狀況下，從強敵的壓力之中獲得解脫的我不禁癱坐在地面上。

「話說回來，我現在的等級已經將近二十五了。感覺好像每場戰鬥我都會跳一等呢……升等的速度還是一樣非常誇張，不過這種程度大概已經是極限了吧？巴尼爾也差不多開始陷入苦戰了，我看是時候了吧…………」

重置過等級一次之後再次重練，等級也很快升到二十五了。

升等的速度快到讓我很想說這一年以上的冒險到底算什麼。

目前為止打倒的怪物，每一隻都是只靠我們自己八成會被打回老家的強敵。

進入這裡之後，不知道已經過了多久的時間。

不久前巴尼爾說過了半天，外面大概已經過半夜了吧。

這時，大概是因為聽見我消極的發言……

「說什麼傻話！吾之所以陷入苦戰，是因為受限於必須盡可能不傷害對手，並且讓對手活生生地失去戰鬥能力。如果純粹只是要消滅敵人，吾甚至可以單槍匹馬闖到最下層！」

原本還故意把手臂湊到維茲眼前的巴尼爾一邊嚇唬她一邊對我這麼說。

應該說我在一旁看了都覺得噁心，真希望他趕快把手臂接上去。

「不過和真先生說得沒錯，再這樣下去實在會打得很辛苦……那麼，不如這麼辦好了。」

維茲一邊這麼說，一邊接近龍的屍體……

「『Cursed necromancy』！」

隨著充滿氣勢的吶喊，她對屍體施展了某種魔法。

……老實說，我之前太小看魔王軍幹部和巫妖了。

新手鎮的窮困老闆依然穿著店裡用的圍裙……

「好了，接下來只要再找幾隻龍級的怪物將牠們變成不死者之後……難得都來了，我們就去鎮壓這個地城的最下層吧。」

將自己的手放在剛完成的龍殭屍的頭上這麼說，寫意得像是要去散步一樣。

維茲轉身面向那隻龍，歉疚地喃喃自語。

「到了最下層以後，我就會解放你了……」

「……來到這個地城後，維茲在我心目中的評價就急速飆升呢。原來維茲真的是個厲害的大魔道士啊！」

「是、是這樣嗎？我、我還不成氣候啦……！那、那麼我們走吧，趕快繼續前進！」

我的發言讓維茲害羞得不知所措了起來，不過……

「歹勢，讓我休息一下好嗎？我實在是有點累了。一路馬不停蹄地來到這裡，結果這麼一坐害我鬆懈下來，疲勞全都冒出來了……」

見我癱坐在地上站不起來，巴尼爾坐到我身旁，在地城的地板上攤開他原本揹在背上的包袱給我看。

我原本以為裡面是巴尼爾為了攻略地城而帶來的行李，結果全都是各種魔藥和魔道具還

有日用品之類的東西。

「好了，小鬼。吾準備了消除疲勞的魔藥、食物、水、藥和能夠張設速成結界的魔道具等等，各式各樣應有盡有。」

不愧是千里眼惡魔，算他夠貼心。

「今天是特別外派的地城價格！只要城鎮價格的五倍就可以了！如何，參考看看啊這位貴客！」

不愧是千里眼惡魔，專門在這種時候坐地起價。

……算他狠。

2

——事情到底是為什麼會變成這樣呢？

「可惡！已經追上來了！史黛拉！史黛拉！灌了閃光魔法的卷軸已經沒有了嗎！再閃一次牠的眼睛……！」

聽著吉爾的哭腔，我……

「已經沒有了啦！剛才用掉的就是最後一個！」

同樣以哭腔吼了回去。

「好不容易都得到寶物了，難道我們要在這裡完蛋了嗎——！」

落在最後面的蓋恩依然揹著裝了寶物的行囊，心有不甘地哭喊。

聽著他的哭喊的同時，我依然繼續奔跑。

順應鼻腔深處的刺痛感，我任憑淚水溢出，連擦也不擦。

我一邊用油燈微弱的光芒照亮漆黑地城的通道前方，一邊為我們幾十分鐘前的行動感到強烈的後悔。

對我們而言，進地下十三樓還太早了。

到十二樓為止的探索，我們每天一點一點製作地圖，仔細觀察怪物的生態，花費的時間長達半年以上。

踏進十二樓，對付那裡的怪物一點也不吃力，害得我們掉以輕心。

之前明明進行得那麼謹慎卻一時得意忘形，是我們最大的錯誤……！

據說還沒有人能夠完全攻略的這個地城，一般認為在等級到達樓層數乘以三之前應該避免探索。

這就是探索這個地城的建議等級。

現在我們所處的地下十三樓，照理來說應該需要等級三十九以上。

我們的平均等級剛好不夠那麼一點點。

在背後那片伸手不見五指的廣大黑暗當中，我感覺到追趕著我們的怪物的氣息。

「我不想死……我不想死啊……！」

聽見那句話，緊跟在我身後不斷狂奔的妹妹抽抽搭搭地哭著這麼說。

通往地下十二樓的階梯就在前面。

只要能抵達那裡，應該就能逃離從後面追過來的怪物才對。

地上那些自然產生的怪物和棲息在地城裡的怪物不一樣。

棲息在地城裡的怪物幾乎都是有人召喚出來的，那些怪物吸取召喚者釋放到地城內的一種叫做魔素的東西，藉以活動。

不同於待在地面上的怪物，被召喚出來的牠們只要沒有魔素，連存在於這個世界上都沒辦法。

魔素據說是地獄的空氣，也有一說是魔力變成的類似空氣的東西，不過總而言之，那些都是從最深處的地城之主的房間釋放出來的。

當然，越到深處，越接近地城之主的房間，魔素就越濃。

越強的怪物就需要越濃厚的魔素才得以活動，反之，弱小的怪物在濃烈的魔素當中無法生存。

所以……

「通往十二樓的階梯就在不遠的前方！這隻怪物再怎麼難纏，應該也沒辦法追到魔素稀薄的上方樓層才對！只要能夠逃到上一樓我們一定會得救！」

吉爾像是在說服自己似的對我們這麼說。

被那隻怪物偷襲的時候，探索地城時最需要的，能張設暫時性結界魔道具遭到破壞。

而且不僅如此，連裝食物的行李也是。

換句話說，這表示我們無法在這個地城裡休息。

這樣連恢復魔力都辦不到。

即使能夠成功逃離那個傢伙，我們能夠回到地上的可能性大概也很低。

儘管如此，還是比被那隻可怕的怪物殺掉好多了……！

只要就這麼逃到上面的樓層，那隻怪物應該不會想去魔素稀薄的樓層，一定會放棄追趕我們……

「嗚啊！」

跑在最後面的蓋恩的慘叫聲讓我回過神來。

我轉過頭去看向慘叫聲傳來的方向，只見我們撿到的寶物從蓋恩背上的行囊掉了出來。

我瞬間很想大罵他在這種時候搞什麼笑，但事情並非如此。

那隻長得令人難以形容的東西在他的背上抓了一下。

知道蓋恩再這樣下去會逃不掉，大家都停下了腳步。

在伸手不見五指的黑暗當中，我聽見有東西拖在地上的爬行聲。

明明在地上爬，速度卻快到異常的怪物。

在那個傢伙即將在油燈的亮光中現形之前……

「還是來了啊！沒辦法，史黛拉！妳準備施展魔法！給牠來一發大的逼退牠，然後趁機……」

在吉爾說話的同時——

有陣「啪噠、啪噠……」的腳步聲響起，這次是從我們的前方傳來。

聽見那個聲響，吉爾把說到一半的話吞回去，露出絕望的表情，另外兩個人的臉色也一樣，喃喃說著沒救了。

神啊，神啊……

請保佑我們，希望從前面來的怪物，至少，個性上不要喜歡虐待獵物……！

「歡迎光臨！這裡是維茲魔道具店，地城快閃店！」

………………

「「「「咦！」」」」

聽見那過於不看場合且過於唐突的發言，我們四個人都僵住了。

從前方現身的面具男。

……該怎麼說呢？

那個人該怎麼說呢，那身看起來跑錯棚的標新立異打扮，讓人很想問他是在演哪齣。

油燈照出來的那身服裝——是白色汗衫搭襯褲，配上涼鞋。

感覺就像是要去附近買一下東西的中年大叔會穿的……

「在這裡遇見各位也是某種緣分！請看，這裡有各種在地城中可以派上用場的商品……哎呀？」

那名面具男正準備卸下揹上的包袱時，看著我們的背後驚叫出聲。

因為他的視線，我才想起從背後逼近我們的那個傢伙。

「你也趕快逃吧！那個傢伙、那個傢伙追上來了……！」

「尼祿依德！那不是地獄尼祿依德嗎！為什麼這種地方會有地獄尼祿依德！喔喔，好乖好乖。來，過來這邊吧。」

……地獄尼祿依德？

突然現身的面具男打斷我的警告，看見從背後現身的那個傢伙……似乎是叫什麼地獄尼祿依德的東西，毫不畏懼地靠過去。

被稱為地獄尼祿依德，原本追趕著我們的那種難以形容的生物，看著面具男伸過去的左手，簡直像是在撒嬌似的……

「嗑。」

「呀啊啊啊啊！手！你、你的、手、手……！」

「夠、夠了，不准啃吾的手！那是不能吃的東西，乖乖吐出來還給吾為佳！乖，快吐！乖孩子快點……！快……『巴尼爾式破壞光線』！」

手腕被啃掉的面具男如此吶喊的同時，從右手發出耀眼的光芒。

面具男發出的光刺穿了地獄尼祿依德，將牠炸成粉碎。

不費吹灰之力葬送了讓我們陷入苦戰的地獄尼祿依德之後，面具男將他的手臂前端被啃掉的部分對準了散得到處都是的尼祿依德，結果眼前的光景像是時光逆流似的，他的手就這麼從尼祿依德的殘骸當中再生了。

這種不合常理的光景和剛才展現的強大力量，讓人一眼就能看出他不是人。

不過……

「怎麼會有這麼沒教養的尼祿依德。一定是野生的吧。話說回來，只存在於地獄的寵物怎麼會出現在這種地方……難道是因為這個地城的魔素太強烈，無意間連接到地獄，才讓這個傢伙來到這裡了嗎？」

面具男一邊這麼說，一邊低頭思索。

至少，這個並非人類的男人救了我們一命是不爭的事實。

也許我應該代替還跟不上事情進展的三個人向他道謝才對。

然而，面具男在我開口前先把背上的包袱卸了下來。

「等等。算了，野生尼祿依德一點也不重要。客人，這裡有許多在地城裡相當受到倚重的商品喔！不過定價是地城價格就是了，來吧，歡迎光臨、歡迎光臨！」

說著，他將包袱裡面的東西攤放在地板上。

「結界石！這不是拋棄式的結界石嗎！不好意思，這個賣給我吧！地城價格是多少！」

「還有藥物和魔藥……！有、有救了……！上十二樓的階梯也在不遠的前方，有這麼齊全的道具就能順利回到地上了！」

「居然連食物都有！剛才那個傢伙連我們裝食物的行李都吃掉了……！得救了……得救了……！」

夥伴們物色著面具男攤開的包袱，接二連三地購買各式各樣的商品。

這個人是何方神聖啊？

「多謝惠顧、多謝惠顧！呼哈哈哈，這可能是小店開始以來生意最興隆的一次了吧！看

為美好的世界獻上祝福！
落跑女神
Go Home！
請來找我

來今後也該考慮進地城擺攤了！」

……這個人到底是什麼來歷啊？

因為商品熱賣而開心到笑出來的這個人。

瀟灑地現身，將我們從困境當中解救出來的這個人。

這樣看來簡直就像是……

「……神啊……」

「即使是客人，稱呼吾為神未免也太失禮了。」

「啊！對、對不起……！」

說他是神害我被罵了。

他一定是信仰非常虔誠，認為拿他和神明相比是褻瀆神明吧。

「沒想到竟然賣完了，感謝各位貴客。」

「不，該、該道謝的是我們……！要是沒有你的話，我想我們已經滅團了吧。這些東西也真的幫了我們很大的忙，感激不盡！」

面具男因為商品大賣看起來非常滿足，讓吉爾連忙道謝。

站了起來的面具男表示。

「不會不會，各位貴客平安無事是最重要的。那麼，吾就此告退！多謝惠顧——！」

說完，他也沒帶燈，就這麼踩著涼鞋，隨著啪噠啪噠的腳步聲消失到黑暗之中去了。

被留下來的我們不發一語地佇立在原地好一陣子後，終於有人開了口。

「到頭來剛才那個狀況到底是怎樣啊……」

不留姓名便離去的那個人，是不是地城的妖精還是什麼啊？

不對，對我而言，那個人果然還是……

「不知來自何方的不知名神明，我由衷感謝您……！」

3

「那隻稀有怪在這種地城當中閒晃是為了什麼目的啊？飯也已經吃過了，我差不多想動身了耶。」

「巴尼爾先生現在那身古怪的打扮確實很有稀有怪物的感覺。不知為何他好像很喜歡那套衣服……只希望他不要撞見冒險者遭到對方襲擊就好了……」

在我休息吃飯的時候，巴尼爾不知道上哪去了。

雖然只是簡易結界，不過他表示在裡面就可以放心休息，但儘管如此，在地城裡面還是讓我不太自在。

即使是那種古怪的稀有怪物，可以的話我還是希望他待在我身邊。

維茲一邊撫摸自己創造出來的殭屍的下巴一邊說。

「不過，真不曉得他到底是上哪去了。雖然可能會一起叫來其他的怪物，不過我試著大聲呼喊他好……了……？」

這時，在原本想說的話越來越小聲的同時……

維茲盯著通道的前方一直看。

我心生疑惑，也跟著往那邊看了過去。

「……那是……怪物……對吧……？」

「應該是吧。在地城裡這麼深的地方，不可能有普通的女孩子……」

通往前方的通道的轉角處，有個金髮女孩探出頭來，觀察著我們這邊的狀況。

出現在地城深處的女孩當然普通不起來。

……不過。

「奇怪了，感應敵人技能沒有反應耶。對方是不是沒有敵意啊？可是，以年齡而言看起來也不像冒險者……」

「沒有敵意嗎？應該說，不知道那個孩子是哪種怪物。既不是亡魂，如果是幻形妖的話，應該不會像那樣做出觀察狀況的行為才對……」

沒有讓感應敵人技能產生反應的女孩。

我和維茲依然堤防著那個女孩，壓低聲音交頭接耳。

這時，女孩歪著頭說。

「大哥哥、大姊姊。你們兩個是壞冒險者？還是好冒險者？」

聽見這句話，我和維茲互看一眼。

「……真要說的話，應該算是好冒險者吧。」

「我不是冒險者，不過我想應該不至於是壞大姊姊吧？」

面對在遠處觀察我們這邊的狀況的小女孩，我們繼續維持著戒備如此回應。

然後，小女孩露出笑容。

「太好了。我的名字是阿瑪莉莉絲！吶，陪我聊聊天好不好？我一直在這個地城裡面徘徊，好寂寞喔。」

笑得靦腆的她說出這種話……

「……聊聊天是無所謂，不過阿瑪莉莉絲為什麼會一個人待在這個地城裡面呢？最根本的問題是……那個，阿瑪莉莉絲是人類嗎？」

我小心翼翼地這麼問阿瑪莉莉絲，她難過地皺起臉來。

「……現在不是人類了。養育我的叔叔是個魔法師。他為了研究魔法，把我變成合成獸了。然後啊，然後啊。因為我變成不太方面留在鎮上的模樣了，叔叔就叫我躲在這個地城裡面。還說等他研究完怎麼把我變回去之後，就會再來接我回去了。所以，我要一直在這個地城裡面躲到那個時候。」

聽了這種沉重到不行的遭遇，我和維茲沉默不語。

「呃……那個叔叔和妳是什麼關係？妳的爸爸媽媽上哪去了？」

「爸爸和媽媽死掉了。叔叔說，我被他買下來了。他會給我飯吃，是個非常好的人！」

……那個叫她躲在這個地城裡的魔法師叔叔，大概已經不打算救這個女孩了吧。

這個女孩是在父母雙亡後被買去當成魔法實驗的白老鼠，然後被丟在這個地城裡面了。

在這個難以言喻的沉重氛圍當中……

「既然如此，大姊姊把妳變回去好了！或許看不出來，不過大姊姊可是個很厲害的魔法師喔？大姊姊以前認識的人當中也有合成獸，一定可以成功把妳變回去的！」

維茲突然這麼說，同時試圖以微笑安撫她。

……太強了吧，之前那麼小看巫妖真的太對不起她了。

「真、真的嗎？大姊姊真的可以把我變回原樣嗎？」

「是啊，是真的。所以妳別害怕，過來這邊好不好？這隻龍殭屍也是大姊姊的朋友。」

儘管維茲溫柔地這麼說，阿瑪莉莉絲看起來還是很猶豫……

「可是，大姊姊看到我的身體不會嚇到嗎？不會覺得很噁心嗎？」

她看起來相當不安，忸忸怩怩地這麼說。

「放心吧，大姊姊跟阿飄都可以交朋友了。乖，妳別擔心，過來……」

說到這裡，維茲看見從通道現身的阿瑪莉莉絲，頓時語塞。

至於我，則是在維茲身旁嚇到差點閃尿，吞了一口口水。

阿瑪莉莉絲的頭長在蜘蛛的身體上。

阿瑪莉莉絲快速挪動她的蜘蛛腳，以出乎意料的速度逼近我們。

「大姊姊——！」

「嗚哇——！」

「等等等等、等一下！阿阿阿、阿瑪莉莉絲、先等一下！大姊姊會馬上恢復冷靜，所以妳先等一下下喔！」

在我一邊放聲慘叫一邊躲到維茲背後時，眼中噙淚的維茲如此對阿瑪莉莉絲喊話。

「大姊姊妳怎麼了？大姊姊妳怎麼了？妳不是說了嗎！妳不是說妳不會害怕嗎！不是說

會把我變回去嗎！妳不是說了嗎！」

阿瑪莉莉絲一邊這麼吶喊，一邊甩著一頭亂髮，頭部不斷抖動，同時逼近我們這邊。

好可怕，這是哪齣恐怖片！

「小妹妹，妳冷靜一點！來，大哥哥給妳糖吃！」

「沒沒沒沒沒問題大姊姊並不是感到害怕我會把妳變回去我會把妳變回去就是了所以拜託妳稍微冷靜一下等等等一下啊啊啊啊巴尼爾先生巴尼爾先生巴尼爾先生————！」

「啊啊啊啊啊啊我其實很喜歡小孩不過小妹妹妳先等一下啊啊啊啊啊啊！」

正當我和維茲淚眼汪汪地抱著彼此發抖的時候……

「這是在吵鬧什麼啊大呼小叫的……哎呀？前面那位是阿瑪莉莉絲小姐嗎？」

巴尼爾的聲音從我們身後傳來。

聽見那個聲音，原本正在逼近我們的阿瑪莉莉絲停止動作。

「哎呀？那個美麗的面具，莫非是巴尼爾大人？怎麼會在這種地城深處遇見您啊，真是太巧了。」

「「…………？」」

我和維茲濕著眼眶抱著彼此，同時戰戰兢兢地轉頭看向巴尼爾。

「阿瑪莉莉絲小姐的造型還是那麼有品味呢。不好意思在汝津津有味地品嚐恐懼的負面情感時打斷汝，不過這兩個人是吾帶來的。」

「竟有此事，那真是失禮了。是這樣的，我有一隻寵物，名叫史提斯基的地獄尼祿依德逃走了。我追著追著，發現這個魔素濃烈的地城和地獄的一部分連接在一起了……於是，我也來到這邊找尋史提斯基，結果發現他們兩位，所以想稍微嚐點負面情感……」

喂，等一下。

「怎麼？這個名叫阿瑪莉莉絲的合成獸女孩，難道是惡魔嗎？剛才說被當成魔法實驗的白老鼠才變成合成獸的那個故事呢？」

「啊啊，那種故事當然是個瞞天大謊。我最喜歡恐懼的負面情感，是心甘情願採用這個外型……啊，那些煩躁與憤怒的負面情感是巴尼爾大人的菜，不用招待我沒關係喔。」

……我討厭惡魔。

4

「那麼，我就此告退。我還得去找我的寵物史提斯基才行……喔喔，對了巴尼爾大人！能不能用您的千里眼能力，幫我看一下我的寵物在……」

「哎呀，吾等差不多該走了。那麼阿瑪莉莉絲小姐！後會有期，地獄見了！」

「……好、好喔……」

聽見了巴尼爾冷淡的回應，阿瑪莉莉絲對我們行了個禮之後，便挪動她的蜘蛛身體迅速爬向通道深處去了。

「嗚……嗚嗚……嗚咕……幸好她不是被改造的合成獸，這樣固然很好……固然是很好，可是我心裡就是不舒坦……」

妳的心情我很懂。

應該說我差點忍不住尿褲子。

「還要哭哭啼啼到什麼時候啊。汝等，差不多該動身嘍？呼哈哈哈哈，更重要的是，開心吧維茲！小鬼沒買的那些賣剩的東西全都銷掉了！今後偶爾也來地城裡兜售商品好了！」

「……我變得有點討厭惡魔族了……」

「！等等，只因為那個傢伙而推估整個種族未免太過武斷了吧。」

——地下十五樓——

「巴尼爾先生，只要一點點！只要一點點就好了，一點點就好！」

「少來，魔力是惡魔的力量泉源更是存在的一切！夠、夠了，不准試圖吸收！想恢復魔力的話從下次遇見的怪物身上吸不就好了！」

「地城裡的怪物的魔力大概是因為吸了很多魔素吧，是感覺很不好消化，會堆在胃裡面的那種！有什麼關係嘛，一點點又不會怎樣！惡魔的魔力是品質最棒的魔力對吧？一點點就好！只要尖端一點點就好！」

「住、住手，不准碰吾的面具！應該說，這是怎麼回事？身為巫妖的汝竟然這麼快就耗盡魔力，從剛才開始這個怪物的量未免太奇怪了。雖然對於幫小鬼練等而言正好，但沒想到遇敵率會這麼高……」

在維茲和巴尼爾爭吵的時候，我一面提防周圍的怪物一邊說：

「這麼說來確實是太常遇到怪物了，和地上也差太多了吧。我也沒想到一天就可以提升這麼多等級。」

我的等級已經重置了兩次，練等進入第三輪。

在地上討伐五隻蟾蜍就得要花上半天，相較之下在這個地城裡面遇見怪物的機率確實很奇怪。

這時，原本打算從巴尼爾身上吸取魔力的維茲將她掛在脖子上的玫瑰念珠秀給我們看。

「那一定是這串玫瑰念珠的功勞！據說這是會帶來美好邂逅的魔法玫瑰念珠，看來似乎連地城內的怪物都能夠吸引過來……啊啊啊啊，巴尼爾先生別這樣！請還給我，不要試圖丟掉！」

這個人進的貨真的沒一個是正常的……

「真是的，吾就覺得奇怪……！吾會壓制住下次遇見的怪物，汝就從那個傢伙身上吸取魔力吧！……應該說汝有那麼渴望邂逅嗎？吾的朋友當中，有個腦袋略嫌不足但相貌端正的惡魔。是個很重感情的傢伙，他來自異世界名叫馬克斯威爾，要吾介紹給汝認識嗎？」

原本試圖搶回玫瑰念珠的維茲聽他這麼說，似乎有點心動，心神不寧了起來。

「……重感情，相貌又端正是嗎……不對，只要是重感情又溫柔的人，其實長相如何我不是很在意……你說腦袋略嫌不足，大概是怎樣的程度啊？不擅長計算之類的嗎？」

「後腦杓整個不見了。」

「誰要認識那種人啊！腦袋物理性地不足是怎樣！應該說，仔細想想，惡魔不是沒有性別嗎！」

看著他們兩個大吵大鬧，真的會讓人忘記這裡是危險的地城裡面……

——地下十七層——

時間不知道已經過了多久。

現在，我們正在休息第二次，但在地城中一直很緊繃，讓我搞不清楚時間流逝的感覺。

喝了我從巴尼爾那裡買來的消除疲勞魔藥後固然是不太有疲倦的感覺，但總覺得精神開始恍惚了。

「……嗯？差不多想睡了是嗎？這也難怪，地上已經過了整整一天以上了。拿去，喝這瓶魔藥就對了，可以消除睡意喔。這是喝了馬上可以清醒過來的提神魔藥。」

「巴尼爾先生，你把那個帶來了嗎！可是那個的副作用嗚咕！」

看見有話想說的維茲還沒說完就被巴尼爾摀住嘴，讓我猶豫該不該喝他遞給我的魔藥。

「你說的這瓶能夠趕走睡意的提神魔藥，是用什麼做的啊？沒有成癮性之類的吧？」

「沒有那種性質。副作用更不可能出現在運氣絕佳的汝身上……嗯，看見了，吾看見了，看見汝喝了魔藥之後精神百倍地到處亂跑的未來。」

「不准再像剛才那樣說什麼原來真的沒事啊之類的嚇唬我喔。」

儘管心中依然有所疑慮，我還是坐在地城的冰冷地板上，一點一點啜飲著那瓶魔藥。

「已經賺到很多技能點數了呢。我看是時候可以回去了吧？反正這次的目的是練等，又不是攻略地城。」

聽我這麼說，維茲扯開巴尼爾的手表示。

「那怎麼可以呢！既然都來到這裡了就攻略到最後吧！這類地城的最深處，有地城之主在的房間，多半都藏有力量強大的裝備和財寶！如果要和魔王先生戰鬥的話，那些東西一定會派上用場吧？」

……魔、魔王是吧……

「這個嘛，我也還在考慮要不要正式和魔王交戰……應該說，你們兩個認識魔王對吧？我們打倒魔王你們不會覺得怎樣嗎？」

這兩個人好歹也幹過魔王軍幹部，我想應該和魔王有一定程度交情吧。

不過，維茲和巴尼爾互看了一眼之後說。

「最後要被打倒也是魔王的工作的一部分啊。」

「是啊。用盡陰險的手段折磨人類，最後和勇敢的冒險者轟轟烈烈地大戰一場，華麗麗地逝去。這樣才叫做魔王。而且那個傢伙的歲數也已經很大了吧，應該很想迎接最有魔王風範的華麗結局，然後將魔王之位讓給女兒吧。」

我不懂魔族在想什麼。

這麼說來，這個惡魔的終極目標也不是打造地城，而是想在被冒險者討伐而逐漸毀滅的時候，在最後品嚐打倒了他的冒險者們不甘心到極點的負面情感什麼的，這種無聊至極的事情才是他的夢想。

或許他們也有他們自己的美學和生命的意義吧。

都有那麼一群大法師，認真起來可能真的足以征服世界，但儘管擁有如此絕對性的強大力量卻不打算當冒險者，而是在賣鞋、賣衣服，或是當尼特了嘛。

我也知道這個世界的居民很多都是怪胎就是了……

「魔王的年紀很大了嗎？即使上了年紀，既然還稱得上是魔王，就表示他是魔王軍當中最強的一個嘍？……不過，他不會已經老態龍鍾到連我都有機會設法解決掉了吧？」

「不，那個傢伙並不是最強的一個。論力量的話，那個傢伙八成已經被自己的女兒超越了吧。吾不知道汝有沒有機會解決掉那個傢伙，但雖說年歲已高，那個傢伙至少還健壯到足以空手捏爆食人魔的頭。」

我想也是。

哪可能那麼輕鬆啊。

「話說回來，我還以為在你們的世界，力量就是一切呢。我一直以為單純就是說好『最強的一個當魔王喔！』之類的呢。」

「汝以為吾等那麼四肢發達、頭腦簡單嗎？還是說，汝原本所在的國家是由最強的傢伙站在頂端當指導者嗎？汝等的狀況是怎樣吾不知道，不過歷代魔王……首先，最需要的是能夠統整個性獨特的魔王軍幹部的領袖氣質及不至於被部下瞧不起的力量。再來，就是腦筋要動得夠快了吧。尤其是能夠統整個性獨特的魔王軍幹部的領袖氣質，這一點最為重要。」

「看你和維茲這樣，我覺得也沒有統整得很成功啊。」

看著自由奔放的這個傢伙，我開始覺得其實魔王說不定也當得很辛苦。

巴尼爾一邊問我「休息夠了沒？」一邊站了起來。

「無論如何，如果有裝備能夠讓孱弱的汝也能夠稍微打得像樣一點就好了。不過對吾而言，能夠換錢的財寶比較好就是了！等著吧地城之主啊，等吾去搶盡所有寶物吧！呼哈哈哈哈！」

和這個傢伙在一起，讓我開始覺得不像是來冒險而是來登堂入室當強盜。

「這麼說來，和真先生有沒有想過要學怎樣的技能呢？從這個地城回去的時候，我可以教你瞬間移動魔法喔。」

瞬間移動魔法！

瞬間移動魔法我想要，懂得怎麼用的話感覺在各種方面都能很省事。

沒錯，比方說……

「濫用瞬間移動或折射光的魔法等等而做出犯罪行為的話，科處刑罰時會比一般犯罪加重許多喔。」

「……！我我我、我什麼都還沒有說啊！我只是覺得有瞬間移動魔法的話，感覺在很多方面都可以省很多事罷了！你想想，只要學會瞬間移動魔法，在闖進魔王城的時候，萬一碰上危機也有辦法逃掉對不對！」

「……如果要考慮用瞬間移動魔法脫逃的話，必須先設法解除籠罩住城堡的結界，否則會被無效化喔。姑且先不管這個，汝想不想學吾的技能啊？有殺人光線還有眼睛光束喔。」

「……殺人光線那招，人類之身的我發射之後會……」

「當然會死。不過汝想想，在施展必殺技的同時，出招的本人突然死亡。對手也會嚇一大跳。應該沒有什麼才藝能夠比這招還要犧牲了吧。」

「我又不是某個女神，並不打算為了才藝奉獻自己的靈魂！」

5

——地下十八樓——

「『巴尼爾式殺人光線』！『巴尼爾式殺人光線』！巴尼爾式……可惱啊，數量太多了！維茲，想想辦法吧！麻煩死了，汝用爆裂魔法全部轟掉！」

「不、不可以在這種地方用爆裂魔法啦！要是地城崩塌了……啊！呀——我製造出來的

龍殭屍們，被一大群牛頭人包圍住了！」

「唔喔喔喔！喂，過來這邊了！怪物流到我這邊來了啊啊啊啊啊啊！」

我們突然遭遇了重大危機。

走下階梯之後，我們來到的是擠滿怪物的房間。

光靠巴尼爾和維茲無法完全壓制住，有隻牛頭人也來到我這邊了……不對。

「哞————！」

「呼喔！」

我連忙低頭，牛頭人的斧頭便從我的頭上幾公分的地方擦過。

只要再慢一點點的話，我的腦袋就飛走了吧。

現在沒有阿克婭在，死掉就出局了。

不妙，地城好可怕，應該說，怪物好可怕，我的心臟狂跳不止！

也對，這才是原本的戰鬥，死掉就結束才是正常狀況。

事到如今我才深刻體認到阿克婭有多麼值得感激。

剛帶著那個傢伙來到這裡的時候，我還覺得像是興奮不已地要了一台未來的狸貓型機器人之後才發現四次元口袋要另外買，心裡充滿了遇到詐騙的感覺，下次見到她的時候再對她好一點好了。

光是壓制大量的怪物似乎就讓巴尼爾和維茲無法分神了。

我一邊仰望著比自己的身高大上好幾倍、長著牛頭的巨人，一邊縮著身子拔刀。

「可惡，居然在這種時候才明白阿克婭的可貴！我不可以死在這裡，把阿克婭帶回來之後我還有只顧玩樂的頹廢生活要過！大白天就開始喝酒耍廢，晚上出去享受夜生活，還有和大家一起找地方去旅行！我明明是冒險者，但幾乎還沒有在這個世界好好旅行過！」

對於這樣的我，維茲大喊。

「淪陷了！你聽到了嗎巴尼爾先生，不坦率的和真先生終於卸下心防了！討厭啦真是的，居然在陷入危機的時候才發現自己真正的心情，太浪漫了吧啊嗚！」

在維茲喊著莫名其妙的內容同時扭來扭去的時候，被一隻牛頭人拿斧頭用力擊中頭部的側面。

「等等、維茲！」

繼續和牛頭人對峙的我瞄了維茲那邊一眼，只見飛得老遠的她像是什麼事情都沒發生似的站起來。

「這下非得讓和真先生和阿克婭大人重逢，讓他們兩位確認彼此的愛才行了！巴尼爾先生，我會使用大量的魔力，這場戰鬥之後麻煩你讓我補充魔力喔！」

顯然有所誤會的維茲被她身邊的牛頭人圍起來打，卻絲毫不在意，開始詠唱某種魔法。

聽說不帶魔力的攻擊對巫妖無效，但是這幅光景看在旁人眼中還是很驚悚。

我身旁有三隻龍殭屍在和牛頭人們正面對戰。

至於巴尼爾，他正在用被他打倒的牛頭人的血在地板上繪製某種圖案……

「哞————！」

「來、來啊————！」

與我對峙的牛頭人隨著叫聲舉起斧頭。

我立刻衝到牛頭人的腳邊，拿啾啾丸用力一砍。

但是，原本就很孱弱的我的攻擊只能在牛頭人堅硬的皮膚上割出淺淺的傷口。

現在的我等級已經超過三十，攻擊卻沒有生效的跡象，對手依然活蹦亂跳！

不過，牛頭人高高舉起的斧頭並未順勢落在露出苦瓜臉的我身上。

「『Cursed petrifaction』！」

似乎是維茲詠唱的魔法起了作用吧，與我對峙的牛頭人整隻變成了石頭。

不只在我眼前的那隻牛頭人，那招魔法還波及了周遭的其他怪物，將大量的敵人變成了石頭。

「呼哈哈哈哈哈哈，維茲，很有一套嘛！那麼，吾也來……！地獄公爵巴尼爾下令！自地獄來到此地吧吾之眷屬啊！」

巴尼爾一邊放聲大笑一邊將手放在以牛頭人的血畫在腳邊的魔法陣上面，沾滿鮮血的魔法陣閃現詭異的亮光，發出耀眼的光芒——

不久之後，光芒平息時，眼前擠滿了一群標準惡魔造型，魔鬼般的身軀配上蝙蝠翅膀的傢伙。

面對突然現身的大量惡魔，以牛頭人為首的怪物們嚇得到處逃竄。

目睹了平常沒一刻正經的大惡魔認真起來的模樣，一陣輕微的恐懼感不禁浮現……

「有什麼事情嗎，巴尼爾大人？忙到焦頭爛額的時候突然被召喚我們也很為難……」

「就是說啊，為了代替丟下領地不管、在地上玩得樂不思蜀的巴尼爾大人，我們可是拚了命在工作的！」

「應該說巴尼爾大人，您那是什麼打扮啊。一點也不像地獄的公爵該穿的…………」

惡魔們各個滿口怨言。

那些惡魔的模樣都很嚇人，但是我一點恐懼感都沒有。

——帶著為數眾多的惡魔和大群的不死怪物，我們以足稱行軍的規模走在地城裡。

後來出現的怪物，位階都已經高到即使我揮劍也無法奈何牠們了。

每一隻都是重量級的角色，如果沒有規模這麼大的團隊圍著我的話，我光是看見牠們一

眼就會尿褲子了吧。

而那些怪物一一被維茲變成不死怪物，以致戰力進一步壯大的我們來到了……

——地下二十樓——

這個樓層呈現出來的狀態和之前的景象不太一樣，牆壁上到處散發著微弱的光芒。

不知道牆壁上是施了魔法，還是種了光苔。

最奇妙的是，來到這個樓層之後就感覺不到怪物的氣息。

或許是除了地城之主以外都被禁止進入這個樓層吧。

我們來到了地城的最深處，站在頭目房前面。

厚實的門扉簡直就像是遊戲裡的最後頭目的房間一樣，有著浮誇而邪惡的裝飾。

地城之主就在這扇門後面。

對巴尼爾和維茲她們彼此點頭示意之後，我緩緩推開門扉。

門扉後面……

「沒想到竟然出現了抵達這裡的人！攻略了吾之地城而來到這裡，著實值得稱讚。好了，來到這裡的汝等究竟有多少斤兩！身為不死者之王更擁有永恆的生命！以吸血鬼真祖之姿度過千年時光的吾……！……吾…………」

我們闖進的這個房間中央擺了一張浮誇的王座，悠然佇立在那裡的地城之主說著他的台詞，越說越小聲。

大概是因為看見了排在我後面的那兩位吧。

「哎呀哎呀，什麼時候吸血鬼可以搶在巫妖之前自稱不死者之王了啊。要來到這裡確實是挺辛苦的呢。哦呵呵呵呵，啊哈哈哈哈哈哈！」

來到這裡之前連續施展了大量的魔法，心不甘情不願地從眾多怪物身上吸收了魔力的維茲在眼角的淚水還沒有乾的狀態下放聲乾笑。

「呼哈哈哈哈哈哈！呼哈哈哈哈哈哈！呼哈哈哈哈哈哈！是啊是啊對極了，真虧汝打造了規模如此誇張的地城呢！不過是個活了短短千年的小毛頭，架子倒是擺得很大啊！呼哈哈哈哈哈哈哈哈哈哈哈哈！」

同樣在來到這裡的路上使用了大量的魔力，不斷發射光線的巴尼爾也不停大笑。

至於在我面前僵住的地城之主——

「……不好意思，我現在就去泡茶，各、各位有話好說……好嗎……？」

則是扯動快要哭出來的臉，拚命堆出笑容來。

……算、算他可憐……

6

「呼哈哈哈哈哈！呼哈哈哈哈哈哈！」
「啊，這種強大的魔力是傳說級！這是具備傳說級能力的魔道具！」
巴尼爾和維茲在地城之主的房間深處搜刮寶物，顯得相當亢奮。
而我和吸血鬼一邊喝茶，一邊置身事外地看著他們挑。
「那個……我的同伴失禮了。」
「不會不會，我這種吸血鬼和各位相較之下頂多是隻孑孓，居然敢住這麼誇大的地城，失禮的是我。等各位離去之後，我打算回鄉下去種點番茄低調度日。」
吸血鬼的真祖回鄉下栽培番茄是吧。
害怕日光的吸血鬼辛勤地務農聽起來也相當不尋常，不過——
「說得也是。那樣或許比較好。那樣一來，就不怕碰上這種事情了。」
「是啊，與其面對這種令人毛骨悚然的遭遇，我寧可選擇隱居，過著悠閒的生活。活了一千年，我從來沒想過會被這麼大一群惡魔和不死怪物包圍。而且還附贈最上位不死者巫

妖，以及存在遠比我長久的大惡魔。光是沒被消滅掉我就該知足了。」

說完，經歷過千年時光的吸血鬼真祖像是已經看破紅塵似的，一邊望著巴尼爾他們一邊喝茶。

「呼哈哈哈哈哈哈，好一筆金銀財寶啊！用小鬼收購那個的營收和財寶當本錢，另外著手經營大規模的生意好了！對了，就是賭場！維茲，拿這批財寶經營賭場吧！打造一間超越賭博大國埃爾羅得的巨大賭場！」

「啊啊啊啊，你看一下，看一下嘛巴尼爾先生，看看這充滿魔力的極品！我不知道有什麼功效，不過這應該蘊藏著足以讓世界天翻地覆的力量才對……！」

比起搜刮財寶、利慾薰心的兩人，優雅地喝著茶、氣定神閒的吸血鬼顯得有高階怪物的風範多了，真不知道是為什麼。

由於吸血鬼主動投降，維茲已經讓龍殭屍們安心上路，巴尼爾也讓部下們回去了。

在我們閒話家常正開心的時候，巴尼爾他們努力地將吸血鬼奉獻出來作為投降條件的大量財寶包進包袱巾裡面。

「哎呀！這樣不行，財寶的量太多了！這樣不就無法全部帶回去了嗎！」

「這下傷腦筋了，巴尼爾先生，該怎麼辦呢？這裡的所有東西，每一樣都讓我感覺到強大的魔力。可以的話我想設法全部帶回去……」

兩人一邊這麼說，一邊盯著吸血鬼一直看。

你、你們兩個光是搶走人家累積的財寶還不夠，現在還想要叫人家幫忙搬嗎？

「我現在就請維茲教我瞬間移動魔法，然後把這個地城的最下層登錄為傳送地點之一就是了，你們忍耐一下。」

或許是因為聽見我這樣說而感到滿意了吧，巴尼爾和維茲拿著某些東西來到我身邊。

是一把用看的就知道很鋒利的劍還有漆黑的全身鎧。

「小鬼，這個就給汝帶走了。在這批財寶當中，這應該是力量最為強大的魔劍。變賣之後應該會是一大筆財富，不過現在還是給汝使用比較好吧。」

「這副鎧甲也是，在我看來應該相當不錯。我也在鎧甲上感覺到強大的魔力，只要穿上這個，在前往魔王先生的城堡的路上應該就不會有問題了吧。」

兩人一邊這麼說，一邊將那些恐怕能賣到相當驚人的價格的裝備毫不吝惜地交給了我。

說來說去他們還是很擔心我嘛。

感到有點害羞的我，將鎧甲往身上一搭——

「……重到我動不了。」

光是套上一件手甲，我就定在原地無法移動了。

不，這是怎樣啊太奇怪了吧。

雖然說是孱弱的最弱職業，我在這個地城裡數度重置等級又請他們帶我鍛鍊之後的結果，現在的等級已經超過三十了。

和之前添購新裝備的時候不同，這次我的肌力應該也提升了一些才對啊……

「啊啊，那副鎧甲是十字騎士的限定裝備。順道一提，那把魔劍也只有劍術大師能夠使用。」

這時，不知名的吸血鬼對我這麼說。

不，限定裝備是怎樣，現在是有規定最弱職業想用傳說級的裝備也不行嗎？

「請問，有沒有冒險者用的高檔裝備啊？」

「不、不好意思，因為沒有工匠會配合冒險者那種沒人想當的職業打造高檔的武器和防具……至少，我手邊沒有那種裝備……」

聽見我和吸血鬼的對話，巴尼爾忍不住噴笑。

「呼哈哈哈哈哈哈，嘩——哈、哈、哈！再怎麼樣都成不了英雄的小鬼啊，這樣不是很好嗎，這才是汝的特色！貧乏的裝備與臨陣磨槍學習的眾多技能！若是能夠憑著這些和魔王那個傢伙分庭抗禮的話，必定會成為人稱大英雄的存在吧！看見了，吾看見了！吾能看見汝被後世冠上後宮渾球和最強的最弱職業等等幽默外號的未來！呼哇——哈、哈、哈！」

回到鎮上學會好用的技能之後，真想第一個用在這個傢伙身上。

「可惡，搞什麼嘛。啊，不過這是十字騎士的裝備是吧。雖然這副鎧甲黑漆漆的，造型又很邪惡，不過還是帶回去給達克妮絲當土產好了。有沒有魔法師的法杖之類的啊？」

「我這邊沒什麼魔法師裝備。啊啊，我戴著的這枚戒指，蘊藏著強化持有者的魔法威力的力量，要不要帶走？」

說著，吸血鬼作勢要將他戴在手上的戒指拔下來，但我連忙阻止他。

「沒、沒關係，那個就不用了。這樣感覺像是連你身上的東西都要剝個精光似的，太過意不去了……總覺得不太好意思，你應該有種被強盜闖進家裡的感覺吧。」

「不會不會，地城就是為了被闖進來而存在的。這裡的財寶和裝備也都是之前挑戰地城的冒險者的東西，你別介意。不過，只有這枚戒指是我從生前就很珍惜的東西，所以能夠留下來讓我寬心了點。」

吸血鬼一邊這麼說，一邊安心地靦腆一笑——

「增加魔法威力的戒指是吧……」

只見維茲含著指頭，以渴望的眼神盯著那枚戒指瞧。

……拜託別再搶他了。

7

以瞬間移動魔法回到鎮上的時候，天色已經完全變暗了。

在地城裡待了一天以上，害我對時間的感覺變得很奇怪。

「這個時間也已經沒有共乘馬車在運行了。雖然說靠消除疲勞的魔藥和提神魔藥矇混掉了，不過急遽的等級提升和長時間的極度緊張狀態、超過一整天的戰鬥等等，對身體造成的負擔相當沉重。今天好好休息吧。明天再請冒險者們傳授技能，然後直接啟程比較好。」

巴尼爾揹著包袱，雙手也抱著滿懷的財寶這麼說。

我帶著要給達克妮絲當土產的那副鎧甲，向巴尼爾和維茲道謝。

「你們兩個幫了我一個大忙。我一定會把那個白痴帶回來的。」

「關於女神呢，汝想怎麼處理都無所謂。」

「誰說無所謂了！……和真先生。事出緊急的時候，我們也會暗中稍微協助大家守衛城鎮的。我們會好好守住阿克婭大人回來的地方，你就安心出門吧。順利回來之後，看是要再陪你練等還是做什麼我都願意。」

練等就敬謝不敏了。

說實在的地城太可怕了。

被高階怪物包圍的時候，或許是基於生物本能的恐懼吧，我會不停地顫抖。

感覺今後地城對我而言會是輕度的心靈創傷。

「那個地城的財寶還有很多留在裡面。小鬼必須出遠門這件事吾可以理解，所以剩下的財寶可以等吾回來之後再去回收。因此，汝最好乖乖活著回來。如果要再次自行走到那個漫長到令人生厭的地城的最深處去，光想就覺得煩躁。」

這番送行台詞真有巴尼爾的風格。

「回來之後，我再密切教導你上級魔法。所以，請你一定要平安回來喔！」

維茲帶著溫柔的微笑對我說。

不久之前，我原本想和瞬間移動魔法一起學習上級魔法，但無法成功學會。

技能點數方面是綽綽有餘，但是沒有出現在學習技能的欄位。

初級魔法純粹只要喊出魔法名稱就會發動。

中級魔法則是需要多幾道手續。

到此為止即使是完全的門外漢也還有辦法學會，上級魔法可就沒那麼簡單了——

「到了上級魔法，每個魔法都有各自的手勢和專用的詠唱、魔力的流動等等，都必須一個一個正確記住才行。我想再怎麼樣也無法在一天之內完全學會吧……啊！可是，如果是爆裂魔法的話，你陪著惠惠小姐，長久以來每天都一直在看對不對？所以……」

「那招我不需要。」

最根本的問題是，即使學了爆裂魔法，我也會因為魔力不足而無法使用。

惠惠身為魔力多到滿出來的紅魔族同時也是大法師，但即使是這樣的她只要轟一發就會耗盡魔力。

……不過，回來就可以學上級魔法了是吧。

我想要可以讓人看不見我的魔法，非常想要。

當然，我還沒有想過要用在哪裡就是了……

「看見了，吾看見未來了。小鬼學會上級魔法，隱身前往大眾浴場……」

「那先這樣，今天辛苦你們了！明天見，啟程之前我會繞去店裡一趟！」

幕間 廢柴女神劇場②

時刻是將近破曉之前。

「……我覺得馬車的停靠處應該在這附近啊，是不是在我不知道的時候搬走了啊？」

聊回憶聊得太忘我，結果沒趕上深夜馬車的我，正為了找馬車搭乘處而四處遊蕩。

小隊當中方向感最正確的我不可能迷路。

既然如此，肯定是停靠處換地方了吧。

畢竟，那幾個孩子不是我要說，在出任務的時候只要我稍微一沒注意，他們就會三個人一起走丟。

要是來追我的話他們肯定會迷路，旅程應該會充滿困難吧。

怎麼辦，還是先把大家都培養到能夠獨當一面後再離開應該比較好吧。

正當我一邊四處尋找停靠處，一邊站在小隊監護人的角度擔心大家的時候……

「……阿克婭大人？瞧您這身打扮，到底是要上哪去呢？」

從背後像這樣對我搭話的是我可愛的信徒，賽西莉。

「在這種時間出現在這種地方，未免太巧了吧賽西莉……不對，不可能有這種巧合。」

沒錯，不愧是優秀的阿克西斯教徒。

她一定是感覺到接下來即將開始的聖戰的氣息，才會大清早來到這裡。

「沒有，我只是因為在酒吧的關門時間過了之後還不想回去就一直耍賴，結果不知不覺就拖到這個時間了。順道一提我是在那間店喝。」

賽西莉這麼說著，並指著一間我也去過幾次的居酒屋。

在我的記憶當中那應該在更接近鬧區的地方才對，看來不只馬車停靠處，就連這間店也在我不知道的時候搬家了。

「這樣啊，既然在喝酒就沒辦法了。我也一樣，聽到最後加點這幾個字就會抓狂。這種時候我都會採取長期抗戰的心態徹底對抗下去。不過這樣一來，多半的情況都是接到抗議的和真先生會來接我。」

「就是說啊，我非常了解那種心情喔，阿克婭大人。我在醉得正舒服的時候也是很想多喝幾杯，繼續玩鬧，不想回家，所以也會抓狂。」

不愧是阿克西斯教徒，真合得來。

「順道一提那間店對我說，今天就不收我的錢，以後別再來了……」

「原來如此，老闆是傲嬌呢。聖潔而正直的阿克西斯教徒怎麼可能被禁止進出呢，那位老闆肯定是傲嬌不會錯。妳就當他的常客吧。」

「遵命，阿克婭大人！……話又說回來了，您那身打扮是……？」

我露出開朗的笑容如此建議時，賽西莉再次這麼問我。

「聽好了，信徒賽西莉。現在的世間令我不禁嘆息。誠實度日的人們正因為邪惡的魔王而擔心受怕。所以，我決定斷絕萬惡的根源！」

「您、您說什麼——！換句話說，阿克婭大人要御駕親征嗎？惠寶呢？惠寶怎麼不見人影啊！不對，惠惠小姐還有和真先生，然後，另外那個不請自來的艾莉絲教徒十字騎士小姐呢！」

我們家惠惠什麼時候進化成惠寶了讓我有點在意，不過先不管了。

「這次的旅程將會十分艱辛。我認為那三個小菜鳥力有未逮。所以……我要一個人去打倒魔王！」

「不可以去……！……不對，阿克婭大人，不肖賽西莉有點意見，我覺得還是把那三個人也帶去比較好。否則無論是贏是輸，回來都會被他們訓話喔。」

無論輸贏都會被訓話。

「……該怎麼辦呢，伴手禮買得好的話應該有辦法彌補吧。」

「我覺得彌補不了喔。」

討伐魔王還是改天再說好了，這句話都已經冒到喉頭了卻還是說不出口。

沒錯，雖然這個孩子還不知道我的真實身分，但在信徒面前可不能表現得太漏氣。

「順便問一下，阿克婭大人接下來打算怎麼做呢？」

「這個嘛，我想先搭馬車往會冷的地方前進。魔王城那種東西感覺都建在好像很冷的地方不是嗎？比方說北邊啊，類似這樣的地方。」

「我知道了，阿克婭大人。不肖賽西莉，願意陪伴您到途中。」

不愧是虔誠的阿克西斯教徒，看來聖戰的氣息果然觸發了她。

「既然妳都說得這麼誠懇了，我也無可奈何。賽西莉，目標是會冷的地方。」

「遵命，阿克婭大人。不過，我們還是先拜託馬車的人，請他們往魔王城那邊開好了。畢竟他們是專業的車夫。一定會帶我們去最有可能的地方吧。」

不愧是賽西莉，太優秀了。

我和這個孩子也相處很久了，或許是時候告訴她真相了吧。

「果然優秀啊，賽西莉，真是個能幹的孩子。為了褒獎妳，差不多該告訴妳我的真實身分……」

「不可以說——！」

賽西莉難得發出緊張的尖叫。

不愧是謙虛的阿克西斯教徒，真是無欲無求啊——！

第三章

讓繭居尼特真正獲得外掛！

1

「我回來了——」

「「歡迎回來！」」

我打開大門時，惠惠和達克妮絲來到門前迎接我。

看得出來她們兩個一直坐在地毯上等了我很久。

「你終於平安回來了啊。我原本以為你只是稍微進一下地城練點等級就會回來了，結果整整一天以上都沒有回來，害我好擔心。」

「沒錯！真是的，所以我才說我也要跟去當肉盾嘛。就因為這樣…………這是什麼？」

惠惠溫柔地迎接我，達克妮絲則是抱怨了幾句。

而這樣的達克妮絲看見我遞到她眼前的整套鎧甲，露出茫然的表情。

「伴手禮。聽說是十字騎士用的強大裝備我就帶回來了。」

「哦，是限定裝備啊？只有某種職業能夠裝備的東西，很多都是上等貨色。和真沒有找到自己的裝備嗎？」

「是啊，冒險者限定裝備那種感覺沒什麼需求的東西實在是找不到。」

在我和惠惠這麼說的時候，達克妮絲以顫抖的手接過我遞給她的鎧甲。

她紅著臉，眼中略顯濕潤，緊緊抱著鎧甲。

「……謝謝。我會珍惜的。」

簡單，同時充滿感情的感謝言詞。

其實是因為我自己無法裝備才姑且帶回來，只是順便而已，但如今這個氣氛我也說不出這種話來了。

「漆黑的鎧甲啊。感覺和達克妮絲這個名字也很搭呢。」

「是啊。不過從顏色和造型而言，裝備上去之後似乎會比較接近魔王的親信之類的感覺就是了。」

「唔……聖騎士裝備黑色的鎧甲好像也不太對，不過，這種感覺也不壞……而且，這副鎧甲不是很美嗎？施加了強大魔法的鎧甲，會配合裝備的持有者而改變細部的形狀。等到我裝備上去之後，一定會變成比較像騎士的外觀吧。」

達克妮絲興高采烈地將鎧甲搬到大廳中央之後，立刻拿出乾布開始打磨鎧甲。

用力打磨鎧甲到發出「啾、啾」聲的達克妮絲，看起來非常開心。

這時，惠惠用力拉了拉我的袖子。

「好了，給我的伴手禮呢？」

「沒、沒有……」

——稍微吃了點東西之後，我去洗了澡。

然後，洗完澡的時候，已經不見達克妮絲的蹤影了。

她好像相當中意那副鎧甲，或許是在自己的房間試穿吧。

都已經這麼晚了，身上卻不是睡衣而是黑色洋裝的惠惠懶洋洋地癱在大廳的沙發上，似乎是在等我洗好澡。

「我已經要睡了，先跟妳說明天會很忙喔。我不知道妳打扮成那樣是想去哪裡，不過妳也早點睡喔。」

明天我要找達克妮絲和惠惠在我進地城時幫我搭上線的冒險者們教我有用的技能。

然後計畫是在學完技能之後，就要直接去追阿克婭。

遠征用的行李也已經準備好放在大廳的角落了。

似乎是達克妮絲和惠惠在等我練等的這段期間先準備好的。

「說得也是。那麼，我也差不多該睡了。」

說著，惠惠不經意地站了起來。

然後，我走回自己的房間，她不知為何也一起跟在後面。

我打開房門後，惠惠一副理所當然似的走進來。

…………

「呃，妳在幹嘛？妳不是要睡了嗎？」

「是要睡啊？跟和真一起睡。」

……咦？

——正當我整個人僵住的時候，惠惠走到床前，在床上拍了拍，確認床單的狀況。

「這次的旅行應該會比之前的任何一趟旅行都還要危險吧。所以……我們把該做的事情做好，好讓彼此都不會後悔。」

惠惠一邊這麼說，一邊露出靦腆的笑。

…………咦？

「真、真的變成這種狀況，還、還是會有點緊張呢。你還好嗎？會不會很難受？」

「還、還好，沒問題。惠惠才是，別勉強自己喔。」

今天晚上沒有月亮。

從窗外透進來的是這個城鎮的魔法師點亮的街燈的些許燈光。

在這般微弱的亮光之下，惠惠白皙的肌膚也看不太清楚。

以我的夜視技能，只能像熱成像攝影機那樣確認輪廓。

然而，即使在這樣的黑暗當中，唯有她的眼睛依然鮮紅。

惠惠一頭倒在床上仰躺著，望著我微笑。

特地換上她最漂亮的一件洋裝就是為了這個啊。

應該說，我為了分心而東想西想，但是下半身很不妙。

老實說很難受，非常難受，很想趕快解放。

這時，惠惠似乎察覺到我的視線落在洋裝上。

「這是我的衣服當中，唯一比較有女人味的一件……你覺得怎樣？還可以嗎？就是，會不會讓你……」

「可、可以啊，這件很美，而且，讓我心癢難耐。」

「心、心癢難耐是吧。你就不能說得更……算了，這樣才像和真。」

說著，她輕聲一笑。

然後，她像是要準備迎接我似的，躺著展開雙手，露出微笑。

「很難受吧？沒關係，我願意接受一切。為了讓你碰上任何事情都不會後悔，不會留下任何未了之事。你可以對我為所欲為喔。」

聽見她這樣說，我終於瀕臨極限了。

她都說成這樣了還不做愛做的事情的話，我都要和惠惠一樣被當作腦袋有問題了。

我小心翼翼地避免直接壓到她，輕輕趴到她身上之後，惠惠便伸手摟住我的背。

或許是因為眼睛習慣黑暗了吧，我清楚看見她的洋裝有一邊的肩帶滑開，白皙的肩膀裸露在外。

這麼說來，我還只有和達克妮絲做過接吻之類的事情。

或許，應該先從接吻開始吧。

我以右手撫摸惠惠的臉頰，惠惠便將自己的左手疊到我的手上，瞇上眼睛，一副很享受的樣子。

光是這樣的小動作，就讓我的緊張與亢奮到達了極限。

女人太奸詐了，應該光靠這招就餓不死了吧。

惠惠享受地瞇著眼睛撫摸我的手，於是我就這麼把臉湊過去。

發現我想做什麼，惠惠輕輕吞了一口口水，閉上眼睛。

不同於達克妮絲偷襲我的那個吻，這是你情我願的接吻。

在緊張之餘，我同時有種必須加快動作的心情。

否則，一如往常，這種時候一定會有人進來攪局。

沒錯，反正在最重要的時候，那個笨蛋又會……！

那個，笨蛋……

「……？怎麼了？」

等了很久我都沒有親下去，讓惠惠微微睜開一隻眼睛不安地這麼問我。

那個笨蛋不會來攪局。

因為，她現在不在家。

換句話說這是大好機會。

正常來講，這應該是千載難逢的大好機會才對……

「……抱歉。」

「……那個，是我不夠好嗎？雖然沒有達克妮絲和阿克婭那麼大，不過我覺得形狀很漂亮喔？要不要看一下？」

「早就在狂看了……不是，事情不是妳想的那樣。老實說，我很想做。想做到不行。下半身也已經進入緊急狀況了。所以，並不是因為惠惠沒有魅力。可是……」

我正在浪費機會。

我正在做傻事。

可是──

「有阿克婭在，達克妮絲也在。在大家都在豪宅裡面的時候，一邊擔心會不會被那些傢伙妨礙一邊調情，這樣比較好。比方說為了不被那個笨蛋發現，偷偷摸摸地溜去惠惠的房間玩。結果到頭來大概還是會在最重要的時候被攪局，但就算是這樣……」

我還沒說完的話語，因為嘴巴被堵住而中斷。

把嘴巴湊了上來的惠惠以雙手環住我的脖子，熱情地吸著我的嘴。

惠惠的舌頭在我的口腔內輕輕游移，讓我什麼都無法思考。

自然而然地，我也緊緊抱住惠惠，就這麼……

「……我就是喜歡你這樣。喜歡到不行。」

為美好的世界獻上祝福！
落跑女神
Go! Home!
請來找我。

正當我打算就這麼繼續進展下去的時候，惠惠挪開她的唇，將我的頭抱在自己的胸前對我呢喃。

她呼出一口熱氣，然後撫摸我的後腦杓，動作中充滿憐愛之意。

惠惠胸前的柔軟碰著我的臉，讓我再也把持不住……！

「把阿克婭帶回來之後，當天晚上我們倆就要一起做很不得了的事情喔。約好了喔？」

惠惠在我耳邊如此呢喃後，便緩緩推開我的雙肩，輕身溜下床去。

……哪招。

那個，雖然我才剛說過那種話，但是惠惠的深吻害我已經慾火焚身了耶。

該怎麼說呢，比起阿克婭的問題，我早就更想繼續做下去了耶。

正當我欲哭無淚，站在床邊的惠惠在身後互握雙手，對我露出戲謔的笑。

「和真剛才說抱歉的時候，在我聽到理由之前一直感到非常不安。所以為了回敬你，我也故意捉弄了你一下。」

所謂的捉弄，就是把我的慾火撩起來卻不讓我發洩是嗎？

我覺得這已經超過捉弄的程度了吧。

就算想去找夢魔服務，現在這個時間她們也已經出去工作了。

是怎樣啦！想變成魅惑人心的惠惠是嗎？這個傢伙越來越像個壞女人了。

「那個……我道歉就是了，能不能稍微再繼續做下去啊……」

「你、你這個男人……！既然想要帥的話，請你帥到最後好嗎……事情就是這樣。」

不知為何，惠惠並沒有直接離開我的房間，而是站到我的房間角落的衣櫥前面。

「事情就是這樣，達克妮絲也別在那裡蹭來蹭去了，我們回房間！」

「哇啊！」

惠惠猛然打開衣櫥，不知為何，出現在裡面的是紅著臉跪坐在那裡的達克妮絲。

「為為為為、為什麼妳會知道……」

「妳想說為什麼我會知道妳在這裡是不是？昨天晚上，妳明明因為和真沒有回來而擔心到坐立難安，今天晚上卻在和真洗好澡之前就急忙竄回二樓！紅魔族的智能非常高，性慾高漲到無法排解導致腦袋裡面變成一片粉紅色的達克妮絲會採取什麼行動，我早就看穿了！」

「我、我才沒有性慾高漲……！而而、而且，真要說的話惠惠才是……！」

依然紅著臉跪坐在衣櫥裡害怕地顫抖的達克妮絲被惠惠從衣櫥裡拖了出來。

「我沒有收到伴手禮，所以才來要替代品……反正以達克妮絲的個性，一定是因為和真送妳鎧甲而欣喜不已，再加上昨天晚上的空虛寂寞，害得妳的情緒興奮不已，才會溜進房間裡埋伏對吧！然後，聽到我的聲音，妳就連忙躲進衣櫥裡了對不對！」

「為什麼能如此正確地掌握我的行動……！我、我只是因為收到鎧甲打算回禮……！」

達克妮絲紅著臉害羞不已，而且一臉快要哭出來的樣子。

「收到禮物就要用身體回禮，妳這個女孩簡直是色情狂！對我而言和和真摟摟抱抱之類的行為本身就是值得高興的事情了，難道達克妮絲不是這樣嗎？把自己的身體交給和真，態度高高在上地像是想說『來吧，這是給你的獎賞！』似的，妳是這個意思嗎？妳就那麼有自信嗎！」

「不不不不、不是……！不是那樣——！事事、事情不是那樣、事、事情不是那樣！」

哭喪著臉的達克妮絲被惠惠拖在地上往房間外面拉。

「妳一定是因為偷看和真和我調情，看著看著自己也興奮了起來，姿勢才會變成那樣對吧！妳這個女孩真是好色到爆！夠了，妳還要發情到什麼時候啊，我們回房間去了！」

「等一下，明知道我在房間裡面還是打算做下去的惠惠絕對比較好色吧！啊啊啊啊、讓我也稍微辯解一下……！」

被惠惠拉著手，達克妮絲就這麼被帶出房間去了。

呃，我這股性衝動該怎麼處理啊……

3

隔天早上。

來到共乘馬車停靠處的我們面前的是一整排為數眾多的冒險者。

站在冒險者們最前面的是巴尼爾和布偶裝。

「你怎麼了，和真，怎麼在發呆啊。這樣小心在學技能的時候受傷喔。」

「啊、啊啊，抱歉。」

我們接下來要追趕阿克婭，踏上找魔王幹架的旅程。

離開家的時候，我心想這可能是最後一眼，便不經意地轉頭看向豪宅，結果看見奇怪的東西。

一名少女在二樓的露台對我們揮手，像是在說路上小心似的。

會不會是之前阿克婭說過的，住在這間豪宅裡的貴族少女幽靈啊。

我揉了揉眼睛再看一次的時候已經看不見她的身影了，不過或許是因為暫時變成蕾吉娜教徒所造成的弊害吧，我偶爾會看見奇怪的東西。

話雖如此，奇怪的是即使看見那個少女，我也沒有恐懼或不舒服的感覺。

就像這樣，正當我想著那個女孩的時候……

「小鬼……不對，這位貴客。今天早上吾確認過，確實已經入款了。此乃吾之巴尼爾魔道具店起步以來最大的一筆交易，老實說吾已經笑到合不攏嘴了。留守的工作包在吾身上。這兩隻——汝所託付的邪神與雞肉吾會妥善照顧。所以汝就安心上路吧。」

「你所謂的安心上路，指的應該不是黃泉路吧？……不對喔等一下，你剛才說我託付了什麼？雞肉我知道，你說的另外一個是什麼？」

雙手抱著點仔和爵爾帝，巴尼爾用這番話為我送行。

正當我反問剛才聽到的令人介意的事情時，布偶裝絕雷西爾特輕輕拍打我的腰際。

「少年啊。你數度保護我免受邪惡的女神們侵害，有恩於我。萬一在旅途中力竭身亡，請到我位於地獄的領地來玩。到時候我一定會好好款待你。」

「可以不要說那種不吉利的話嗎……」

這個傢伙現在除了維茲店裡的吉祥物以外已經什麼都不是了，不過姑且也是個惡魔，我就把這番話當成惡魔式的激勵好了。

「——好。那麼和真，你準備好學習技能了嗎？」

達斯特從冒險者們當中站上前來，拿劍指著我。

這並不是要霸凌我。

接下來我要請大家教我技能。

冒險者們當中除了達斯特外，也有其他在這一年多當中和我已經成為好朋友的熟面孔。

「既然你要去找魔王那個傢伙單挑，我們大家當然要好好圍毆……不對，是要盡情鍛鍊你當作餞別。」

「你剛才本來要說圍毆我對吧？還有，我並不打算正面挑戰魔王，或是和他單挑！而且最主要的目的只是把阿克婭帶回來！」

聽到我如此對達斯特回嘴，身旁的惠惠和達克妮絲便像是在哄小孩似的拍了拍我，露出苦笑。

這兩個傢伙倒是滿心想著要正面和魔王對決。

對我而言，最優先事項是和阿克婭會合，而且我覺得達成這個目的之後剩下的事情總會有辦法解決。

即使膽小如我，到了這個節骨眼也已經有所覺悟了。

得到大量技能點數之後，說起來現在的我就是在故事後期覺醒的主角。

為了我所期望的安穩未來，我要盡全力擊潰魔王軍。

見我露出無所畏懼的笑，在場的冒險者們紛紛退避，一副覺得不舒服的樣子。

「吶，和真，我看你這趟旅行還是算了吧？」

「就是說啊，和真先生原本就已經夠奇怪了，今天的你更是特別奇怪喔。」

冒險者們擔心地這麼對我說，不過這些傢伙還不知道我真正的力量已經覺醒了，所以這也難怪。

「你們擔心我讓我很高興，不過現在的我在阿克塞爾當中也是實力數一數二的強者。阿克婭和魔王都包在我身上。你們幫我守住有我的豪宅的這個城鎮吧。」

我輕輕一笑，如此放話，結果不知為何大家都擠出臭臉來。

「你這個傢伙，什麼叫做實力在阿克塞爾是數一數二的強者啊！我們都聽說了，你找維茲小姐和巴尼爾先生罩著，進地城去抱大腿練等了對吧！」

「砸錢練等根本只是臨陣磨槍嘛！你這個傢伙居然因為這樣就跩起來了嗎！」

「明明是你要請我們教你技能，立場比人低就不准擺那個跩臉，你這個最弱職業！」

冒險者們口口聲聲大放厥詞，各自拿起武器嚇唬我。

哎呀，原本還在擔心我的，現在反而一個罵得比一個還要大聲啊。

「現在的我有一大堆技能點數，等級也超過三十了好嗎！等級三十就是資深冒險者，和你們這些在阿克塞爾不得志的雜碎不一樣！別說那麼多廢話了，趕快把技能都傳授給我！」

「不過升了幾等就敢那麼跩啊？那麼想學技能的話我就傳授給你，你給我用身體記好了！」

「你自己不也是雜碎一個嗎！不要以為我不知道，你之前才被蟾蜍追著跑！那麼想學技能的話，你親身體會我的中級魔法吧！」

「咱們上！如果是會在這裡被幹掉的貨色反正也打不贏魔王！蓋布袋了啦，大家圍起來蓋他布袋！」

脾氣暴躁的冒險者們紛紛豎起中指，對我叫囂。

……這些混帳！

「在對付魔王之前我就先拿你們來暖暖身！所以你們快點把我沒學過的技能交出來！我就是和真，放馬過來吧啊啊啊啊啊啊啊啊啊啊！」

受我挑釁的冒險者們各自的臉上都浮現笑容，一齊朝我襲來——！

4

「和真先生不好意思，因為量很多所以我來遲了……發、發生什麼事了！」

抱著一大包東西的維茲看見躺在共乘馬車停靠處有如屍橫遍野的冒險者們而驚叫出聲。

「啊啊，抱歉啊，維茲。妳特地幫我帶過來了是吧。」

「舉手之勞不足掛齒，反而是這裡到底發生什麼事了！事前在討論的時候，我聽說和真先生是要請各位冒險者教你技能對吧……」

抱著裝滿某種東西的背包，維茲戰戰兢兢地發問。

「小事別在意，我只是覺得為了避免留下未了之事，才像這樣和這些傢伙做個了斷。至於結果就如妳所見了。」

維茲一邊環顧四周一邊說。

「那個……和真先生也一樣倒在地上，所以我看了也不知道結果到底是怎樣……」

「這只是躺著休息罷了。我只有一個人，這些傢伙為數眾多，所以實際上形同是我贏。」

「少鬼扯喔，和真，你在對付第三個人的時候就已經快要站不住了好嗎！」

「還不是因為你馬上就一臉快哭出來的樣子，大家打到一半就開始放水了！」

雖然敗犬們吠個沒完，不過考慮到人數差距也是算我贏吧。

原本是冒險者的維茲看見我們這樣的互動，似乎也理解發生過什麼事了。

「……原來如此，是有點激烈的那種冒險者流的餞別對吧！那麼我也……」

「要是維茲給了我冒險者流的餞別，即使放水我也會死掉吧。」

我鞭策疼痛的身體站了起來，接過維茲手上的行李。

這是我和巴尼爾說好，今天早上匯了款大量收購的東西。

「時間差不多了，前往阿爾坎雷堤亞的馬車現在即將出發，要搭乘的旅客請趕快上車——！」

聽見車夫的聲音，我們把行李堆上馬車，人也坐了進去。

「……話說回來我從剛才就想問了，妳的鎧甲怎麼了？」

聽我這麼問，沒穿鎧甲、揹著大劍的達克妮絲露出踐臉，拍了一下她小心翼翼地抱在懷裡的行李。

「在這裡面。」

…………

「不，我們接下來就要上路了，所以快把鎧甲穿好。」

「你在說什麼傻話，怎麼可以那樣做呢！要是難得的鎧甲碰傷或弄髒了要怎麼辦啊。」

「妳才在說什麼傻話咧。」

看來達克妮絲非常喜歡那副鎧甲。

沒多加理會抱著鎧甲不放的達克妮絲，我轉過頭去，面向為我們送行的冒險者們。

「那麼，我跑一趟去帶那個白痴回來！」

聽我這麼說。

「好，快去快回！順便把魔王也打倒再回來！」

「以阿克婭那個小妞的個性，搞不好在非常誇張的地方迷路了！說不定會卡在哪個縫隙裡面，所以要到處找個仔細喔——！」

「吶——！我很期待你們帶回來的伴手禮喔——！」

「城鎮交給我們了。畢竟，這個城鎮有我剛出生的小孩和可愛的老婆。我一定會保護好這裡的！」

冒險者們一一說出這種令人放心的話語——

等等，最後說了那種增加危險度的事情的傢伙是誰？

「達克妮絲，妳也差不多該穿上鎧甲了吧！防禦力也是個問題，而且妳那樣略帶炫耀意味地愛護到這個地步，會讓沒有收到伴手禮的我有點火大喔！」

「進入危險地區之後我就會乖乖穿上鎧甲，這樣就可以了吧！以我的防禦力，這附近的怪物根本奈何不了我！」

馬車上的兩人上演著這種愚蠢的爭論。

我接下來還要和這兩個不可靠的傢伙前往這個世界最危險的地區耶。

怎麼辦，儘管學會了大量的技能，但是我一開始就快要灰心喪志了。

「喂，和真！你那把劍只是在鎮上打的，沒有附加任何魔法的尋常刀劍對吧？把這個帶去以備不時之需吧！」

不知為何揹著長槍的達斯特將自己的劍拋給馬車上的我。

這個傢伙是怎樣，有點帥氣喔，他原本是會說這種話的人嗎？

「那姑且是帶有魔法的好東西。而且也不是只有特定職業能夠裝備的傳說級武器，所以和真應該也能用吧。打倒魔王之後，記得把那個帶回來還給我喔！」

達斯特對我咧嘴一笑，說出這種帥到爆表的台詞。

既然有怪物必須使用帶有魔法的武器才能夠造成傷害，這確實是令人感激不盡的武器。

不過，他到底是吃錯了什麼藥啊？

難道我必須改變自己對這個男人的評價了嗎……！

「原來如此啊──萬一，和真用那把劍打倒了魔王的話，那把武器就會多出非常可觀的

為美好的世界獻上祝福！
落跑女神 Go Home！
請來找我

附加價值對吧——冠上勇者用過的武器之類的。和真——那好像是達斯特從躺在地城裡的冒險者屍體上拔下來的東西，所以不用還給他沒關係——」

「琳恩妳這傢伙！不要妨礙我壯大的一夕致富計畫好嗎！」

看吧，我就知道是這樣。

……不過，我反而放心了。

雖然這個城鎮只有一群無可救藥的傢伙，不過其實我好像並不討厭這裡。

再來，只要把不知不覺間被當成這個城鎮的吉祥物的阿克婭帶回來以後，即使在這個不像樣的世界也能開開心心過下去，我有這種感覺。

我帶著苦笑，目送開始追著琳恩跑的小混混的同時……

「咱們走——！」

載著我們的馬車，在萬里無雲的藍天下。

踏上了第一次也是最後一次的正式冒險……！

5

「在場的冒險者當中，我沒看見克莉絲的身影。我原本想在去討伐魔王之前好好向她打聲招呼。聽說魔王的部下要襲擊王都之後，她說短時間內會很忙，然後就不見蹤影了……」

「這麼說來是沒看到她。不過，我大致上猜得到她會變忙的理由就是了。」

在王都有人類對抗魔王軍的決戰，她的本業肯定會變忙。

「為什麼和真會知道那種事情啊，其實我很想詳細追問……不過更重要的是，你們兩個看一下這個。你們覺得怎樣？」

「「很像魔王的部下。」」

在搖晃的馬車當中，我們斬釘截鐵地對著自豪地穿上鎧甲給我們看的達克妮絲這麼說。

被惠惠和我給了同樣的評價，達克妮絲的表情顯得有些傷心。

「感覺給人一種暗黑騎士的印象。會成為魔王的心腹那種。」

「而且妳不帶盾又拿大劍，黑色的鎧甲更增添了攻擊性。」

「唔……！」

聽了我和惠惠的批評，達克妮絲像是在鬧彆扭似的用手指在她身上的鎧甲上畫來畫去。

漆黑的鎧甲描繪出滑順的曲線，完美貼合她的身體。

黑色的金屬光澤散發出詭異的濕潤光輝。

該怎麼說呢，是一副比起帥氣更應該用美麗來形容的鎧甲。

不過，總覺得是一種和妖刀或魔劍共通的美感……

「話說回來，你聽說了嗎？在和真進地城的這段時間內，發生了一點小騷動。」

這時，惠惠對我說出這般令人在意的事情。

「和真抓到的那個女人……魔王軍幹部賽蕾娜好像逃走了。」

「真的假的。」

聽了達克妮絲的發言，我不禁反問。

那個城鎮的警察在搞什麼啊。

「聽說賽蕾娜將監視人員暫時傀儡化，讓對方協助她脫逃。那位監視人員好像主張魔王軍幹部是暴露狂。」

「據說，那個遭到傀儡化的男人好像說賽蕾娜給他看了什麼東西。」

賽蕾娜給他看的東西，說穿了就是內褲吧。

都怪我讓賽蕾娜學到了多餘的知識，真是抱歉。

「因為要防衛魔王軍對城鎮的襲擊行動，好像無法派人去追她。公會那邊張貼了通緝令，說如果在哪裡看見她就把她抓起來。賽蕾娜大概也會回魔王城去，既然走的路線一樣，或許會在哪裡找到她也說不定。」

「嗯，到時候一定要給她一點顏色瞧瞧。我們和那個女人並沒有徹底做個了斷。」

也好，抓住她應該多少會有些報酬吧。

如果在旅行途中發現了就抓起來，也不需要太積極吧。

那個傢伙變成等級一應該很弱了，即使沒有阿克婭在應該也有辦法解決。

我望著行駛在後方的馬車喃喃自語。

「不過，乘客還真少啊……」

或許是因為有魔王的部下要來襲擊的危險傳聞吧，幾乎沒人打算在現在這個時期旅行。

部分居民似乎被疏散到其他城鎮去，不過現在也已經漸趨穩定。

除了載著我們的馬車以外，其他的都只有載交易商品沒有載人。

馬車的數量只有五輛。

除了載著幾名擔任護衛的冒險者的馬車以外，都沒有車夫和貿易商以外的人。

如果馬車的數量太少，即使是弱小的怪物也不會害怕馬匹，容易靠近車隊。

對於還想追上先出發的阿克婭的我們而言，現在這個車輛不多的狀況並不理想……

「這麼說來，到頭來，和真到底學了多少技能啊？我和達克妮絲只負責集合鎮上比較強的那些人和擁有好用技能的人而已，至於你學了什麼我們就不清楚了。」

達克妮絲正在對鎧甲的表面呼氣然後拿布條打磨，而不甘示弱的惠惠也一邊打磨自己的法杖一邊這麼問我。

「總之，魔法系的技能我學了瞬間移動魔法和中級魔法。」

聽我這麼說，惠惠正在打磨的法杖從她手上掉下去。

「這這這、這樣啊，你學了中級魔法。也也、也罷，至少你學的不是上級魔法就好。」

結結巴巴的惠惠試圖故作平靜，彎下身子準備撿起掉下去的法杖……

「聽說越高位的魔法，詠唱就越是冗長，手續也越是繁複。為了學會技能，好像要記住所有上級魔法的詠唱。因為我沒有時間記住那種東西，維茲說等我平安回去之後她再教我上級魔法……」

惠惠沒有管法杖，撲過來揪住我。

「明明有我這個大法師了，你光是學會中級的還不滿足，甚至連上級魔法都打算學嗎！和真的卡片借我一下！……啊！用掉所有的點數不就可以學爆裂魔法了嗎！快學會這招，把點數用光……！」

「住、住手喔妳，我是為了學上級魔法和好用的技能才留下來的！那麼不甘心的話妳也學其他魔法不就好了，不准擅自亂動別人的冒險者卡片！」

「和真也擅自亂動過我的卡片，沒資格說那種話吧！……啊啊！除此之外，你連製造魔像的魔法和恢復魔法都學了嗎！你是怎樣，明明魔力連我的十分之一都不到，事到如今卻想當魔法師了嗎！」

「連恢復魔法都學了啊。阿克婭知道了應該會哭說她的工作被搶走了吧？」

——這次的旅行，路程應該和以前去阿爾坎雷堤亞的時候一樣才對，前進的距離卻比之前還要遠。

在上次的旅行中，先是硬到不行的達克妮絲被捲入發情期的跳高鷹鳶的試膽賽跑，又有阿克婭引來不死怪物，旅行體驗慘不忍睹。

不過依照這個步調下去，感覺明天中午以前就可以抵達阿爾坎雷堤亞。

「那些護衛好像說他們會徹夜看守……以我們的狀況而言，說到夜晚的野營就想到不死怪物，不過唯有今晚應該沒問題吧。」

大概是回想起過去的旅程了吧，惠惠隱約顯得有些懷念，同時，大概是少了某個人還是讓她很掛心吧，話中透露出些許寂寞。

「……是啊。馬車的數量和護衛人數都不多，任何時候遭受怪物襲擊應該都不足為奇才

對，這趟旅途卻莫名順利，完全沒有發生任何問題……好像之前那些充滿麻煩的旅行都是騙人的一樣。」

在惠惠之後，達克妮絲也接著這麼絮叨，隱約透露出感到無趣的心情。

由於天色已經完全變暗，和商隊的那些人一起完成野營準備後，我們三個人在距離其他人稍遠的地方圍著小小的火堆。

沒有火堆的話，會有弱小的怪物靠過來。

話說回來，和某人一起旅行的時候，即使有火在燒還是會被一大堆不死怪物團團圍住就是了。

正如達克妮絲所說，這次的旅行很順利。

應該說，順利過了頭。

光是某個走霉運的人不在就可以讓麻煩完全消失也太誇張了吧。

沒有發生棘手的問題固然很好，但無聊成這樣也挺枯燥的……之所以會有這樣的想法，是不是因為我中毒太深了啊？

「——好了。那麼，你也差不多該對我們說明那件我們之前就很想問的事情了吧。」

惠惠把背靠在行李上休息，同時冒出這麼一句話。

在她身旁的達克妮絲同樣把背靠在行李上躺了下來，並且把裝著鎧甲的箱子抱在肚子上，以晶亮的眼神仰望滿天的星星。

「啊啊，這麼說來我學會的技能才說明到一半是吧。」

我一邊隨口回應，一邊將斗篷鋪在地上，盤腿坐在上面，同時將小樹枝丟進火堆裡。

「不是，我不是要問那個。技能在旅途當中應該有很多機會可以見識到，所以現在不急。更重要的是巴尼爾之前說的，和真是來自異世界的人那件事。」

……………是那件事啊。

我不經意地看過去，發現原本在仰望星空的達克妮絲也盯著我看。

應該說，她們兩個都難得露出認真的表情。

「不，這也不是什麼需要那麼認真聽的事情……就是，該怎麼說呢。我原本並不是這個世界的居民。是來自距離這裡非常遙遠的另外一個世界。有一天，我在原本的世界死掉了。然後，在死後的世界有個神明對我說，有三個選項給我選。投胎到原本的世界從小嬰兒開始重新來過，或是上天堂……再不然，就是看要不要去異世界看看，這樣。」

聽了我這番荒謬到不行的說詞，兩人既沒有笑，也沒有驚訝。

「原來如此。那個時候的神明就是阿克婭之類的嗎？」

「沒錯沒錯。那個傢伙在我第一次見到她的時候有夠踐的。所以我就很想給這個傢伙一

點教訓，忍不住憑著一時衝動就把她一起帶來……」

奇怪？

「惠惠不是不相信阿克婭是神明嗎？那個傢伙說自己是女神的時候，妳不是一直都隨便回應說這樣啊、厲害喔之類的，不當成一回事嗎……」

對於我的疑問，兩人互看一眼，輕輕笑了一下。

「一開始我是不信。可是，照理來說怎麼想都很奇怪，自然也會開始懷疑。原本，復活應該是每個人只限一次的終極神蹟才對，阿克婭卻能讓和真復活好幾次。只要輕輕一碰就可以淨化水，沉進水裡面也不以為意。再說，哪有祭司能夠隻身對抗巫妖或大惡魔啊。」

……說得也是。

什麼嘛，她們兩個早就發現了是吧。

應該說，都發現她是神了態度還是沒變，這點也很誇張。

她們又不是我這個看神明變成萌角的漫畫和動畫長大的日本人，我還以為對於這個世界的人而言，神明應該是更令她們崇拜的對象呢。

搞不好，其實阿克塞爾的居民們已經有很多人都發現那個傢伙是女神了也說不定呢。

「無關她是怎樣的存在，阿克婭都是我們最重要的隊友。動不動就哭，動不動就得意忘形，動不動就出包。而且最喜歡帶來一堆麻煩，讓和真傷透腦筋……總是帶著笑容，光是身在現場就可以讓氣氛活潑起來，是我們最重要的夥伴……沒錯，無論她是怎樣的存在都無所謂，阿克婭就是阿克婭。」

小心翼翼地抱著鎧甲箱的達克妮絲躺著仰望星空，同時說出這段獨白。

聽她這麼說，惠惠露出滿意的微笑，挺起身子，目不轉睛地注視著我。

「和真，阿克婭為什麼那麼想打倒魔王啊？……打倒魔王之後，阿克婭會怎樣？」

——回天界去。

已經湧到喉頭的這幾個字，我再怎麼樣都說不出口。

我沉默了好一陣子之後。

「和真呢，你不會打倒魔王之後就回到原本的世界去吧？你以前不是說過你沒有回故鄉的打算。這趟旅程結束之後，包括阿克婭，大家都會一起回鎮上去吧？」

在星空之下，紅色的眼睛散發出夢幻般光芒的惠惠略顯不安地這麼問我。

達克妮絲什麼也沒說，只是仰望著天空，忍著不開口。

「……我哪有可能回去啊？即使是個無可救藥的世界，說來說去這裡也有我的朋友還有認識的人。也有了自己的家，更不缺錢……更何況、就是。這個世界還有、就是……」

我瞄了她們兩人一眼，而這個舉動似乎是被發現了，她們忽然揚起嘴角。

「然後呢？更何況就是，然後呢？」

「說說看啊，和真。喂，別害羞啊，把接下來的說完啊。這個世界還有？是什麼，這個世界還有什麼？」

繼惠惠之後，就連達克妮絲也挺起身子，兩個人一面賊笑一面這麼問我。

——可惡，都怪我被氣氛影響說了多餘的話！

6

隔天早上。

我昨晚還覺得沒有任何麻煩的順利旅程似乎少了點什麼，而不曉得是不是不應該有這樣的想法……

「各各、各位冒險者——！怪物出現了，該各位上場了！」

聽見車夫近乎慘叫的呼喚，護衛冒險者從馬車裡跳了出去。

出現在我們面前的是一群我不久前才在地城裡打倒了一堆的食人魔。
牠們是擁有超過三公尺高的龐大身軀，近似武鬥派黑道的一群怪物。
「為什麼這種地方會出現這麼多隻食人魔！」
看見牠們的護衛冒險者放聲吶喊。
在地城裡面有巴尼爾他們削弱食人魔的戰鬥力，所以我不知道牠們有多強，不過從反應看來，這個狀況大概相當不妙吧。
那群食人魔總共有五隻。
而且那些食人魔幾乎全都帶著看似武器的東西，唯一一個赤手空拳的是一隻體型大上一圈的食人魔。
看見這個狀況，我也跟在其他冒險者之後，從我們坐的馬車裡跳了出去。
「惠惠、達克妮絲！我們也去幫忙！既然都說要和魔王戰鬥了，我們可不能被區區的食人魔嚇到！」
「很好！只要我出手，這種程度的敵人瞬間就可以結束掉！」
「啊啊、等、等我一下！赤手空拳的食人魔姑且不論，對手有武器的話即使是我也該穿個鎧甲……！」
所以我才叫妳先把鎧甲穿上啊！

丟下慢吞吞地打開鎧甲箱開始換裝的達克妮絲，我和惠惠面對食人魔進入備戰狀態。

雖然說我們是冒險者，但現在的身分是馬車的乘客。

雖然對不起鬥志十足的惠惠，不過我想保留爆裂魔法。

既然如此，這個時候頂多只負責支援就可以了吧。

「王八蛋，果然有同胞的血的腥味！」

「是哪個傢伙做掉了咱們的夥伴！想死啊混帳！」

「後面那個看起來很弱的傢伙，腥味是從他身上冒出來的！」

食人魔紛紛開口對我們怒吼，聽起來像是在謾罵。

雖然聽得不太清楚，不過我大概懂意思是什麼。

沒錯，幹掉同胞的那個看起來很弱的傢伙是在說我。

來自新手鎮的護衛們似乎也沒想到要對付這麼一群食人魔，各個舉著武器，露出苦瓜臉僵在那裡。

「我們對付那四隻比較矮的食人魔，麻煩隊長負責最大隻的那個傢伙！」

「我、我一個人嗎！嗚嗚、我、我知道了！你們可別死喔！」

看似護衛們的隊長的人物大喊一聲後衝了出去。

比其他幾隻大上一圈的食人魔對著拔劍攻向自己的男人從正面打出一拳，以強烈的攻擊撂倒了對手。

瞄了被打飛到一旁去的隊長一眼之後，那隻食人魔從鼻子哼了一聲，然後把矛頭指向了……！

「惠惠惠惠！牠瞪我瞪得超用力的！」

「不可以別開視線，我們也要瞪回去！在自然界先別開視線的一方就輸了喔！」

眼睛閃著紅光的惠惠還以顏色，我也不甘示弱地瞪回去。

「喂，小兄弟！瞪老子瞪得那麼開心是不是想輸贏啊啊啊啊啊！」

我立刻別開視線。

「哪有人馬上就認輸啊，你害我們完全被瞧不起了啦！食人魔往我們這邊過來了喔！」

「我我、我也沒辦法啊，牠們的長相那麼恐怖！」

即使想叫其他人來支援，護衛冒險者們也正忙著將車夫們護在背後，奮鬥不懈。

不過，我已經覺醒為外掛主角了。

現在還不是驚慌失措的時候！

「看好了，惠惠，這就是我覺醒後的實力！接我這招吧，『Fire ball』——————！」

我迅速舉起手，對著逼近我們的食人魔發出我剛學會的魔法！

「……喂，很燙喔。竟敢對老子動手啊，好傢伙……」

然而，食人魔空著手就輕鬆捏爆我發出的火球，對著手掌吹了兩口氣。

我的火球魔法好像只有「很燙」兩個字就可以打發掉的水準。

「喂，魔法沒效耶，是怎樣啊！食人魔有那麼強嗎！」

「純粹是因為魔力不夠！和真不但職業是對技能沒有加成的冒險者，本身又孱弱，以你的魔力即使是對付魔法抵抗力不高的食人魔也只有那種程度啦！」

惠惠在如此吶喊的同時，開始詠唱爆裂魔法。

「接下來換我上！是男子漢就來赤手空拳釘孤支吧，小兄弟！」

「我是智慧型的所以恕我拒絕！」

我對衝過來的食人魔這麼喊道，然後站到惠惠前面護住她，同時對著地面伸出一隻手。

攻擊魔法我放棄了。

不過，我擅長的原本就是耍小手段。

沒錯，比方說像這樣——！

「『Create earth golem』！」

製造魔像充當擋箭牌。

只要躲在這個傢伙後面狙擊對手，替惠惠的詠唱爭取時間就……！

「……喂，怎麼這麼小！太小了吧這個！差不多只有到我的腰部吧！和剛才的『Fireball』不同，這次我灌注了不少魔力耶！」

「和真的魔力總量太少了啦！沒關係，詠唱已經結束了！我每天不斷施展爆裂魔法可沒有白費功夫！好，我要出招了！」

太沒用了吧！

我難得學了這麼多技能，但好像一點用都沒有！

原本還以為學了很多技能就可以上演老子超TUEEE的戲碼，結果狀況和我想像的也差太多了吧！

我拿起弓，以用慣了的狙擊技能鎖定目標。

雖然惠惠已經詠唱完畢了，不過為了保險起見！

「嗚哇啊啊啊、混帳、要被幹掉了——！」

在我著手準備的時候，冒險者們那邊傳出這樣的慘叫。

惠惠敏銳地對那邊做出反應，斜眼確認了一下之後……！

「『Explosion』——————！」

便對準眼看著就要襲擊車夫的食人魔們，發出爆裂魔法。

惠惠為了盡可能不要波及冒險者們而朝上空施展魔法，儘管如此，他們還是受到爆炸氣流的吹襲而倒地昏厥。

但是，就那樣置之不理的話他們已經沒命了。

相較之下這樣已經是小意思了。

然後，問題在於——

「該、該死——！達克妮絲、達克妮絲——！達克妮絲還沒好嗎——！」

我背對著耗盡魔力倒在地上的惠惠，朝食人魔放箭。

明明是在極近的距離下射出的箭，食人魔卻能及時護住臉部，把箭彈開。

「面對比自己強的對手時懂得瞄準眼睛。你很懂得幹架嘛！」

「有智慧的怪物就是這點最討厭！去吧，魔像！你的名字就叫……」

我派出充當擋箭牌的小型魔像，結果它在我命名之前就被踩扁了。

「納命來！」

「果然一點都派不上用場！」

現在，食人魔的注意力放在我身上。

為了避免趴倒在地上的惠惠遭受攻擊，我趁食人魔踩扁魔像時拔腿就跑。

食人魔跟上了我的動作，縱身一躍撲了過來，而就在這個瞬間。

「緊急迴避！」

「！」

上位怪物的攻擊照理來說應該很難躲過，而我的身體卻完美閃躲。

這是徒手戰鬥的神職人員——武僧傳授給我的技能，自動迴避。

能夠高機率躲過敵人的攻擊，非常符合我的需求的優秀技能。

攻擊被我躲過之後，食人魔帶著驚訝的表情轉頭看向我。

我拔出從達斯特那邊借來的魔法劍，只見經過精心研磨的刀刃在陽光照耀之下，散發出淡淡的白光。

雖然拔了劍，但我並不需要靠這個和牠正面戰鬥。

畢竟我們這邊不是只有我一個，只要能夠爭取到時間就夠了。

等級練到這麼高，現在的我即使中了食人魔的攻擊……

「快逃啊！即使是資深的戰士中了食人魔一招也會瀕臨死亡！對孱弱的和真而言會造成致命傷！」

見我擺出迎擊的架勢，倒在地上的惠惠出言警告。

現在沒有阿克婭，重傷會攸關生死。

像是想表示下次不會讓我躲過似的，食人魔展開雙手逐漸逼近。

「好、好吧，我知道了，有話好說。就像這樣，我們之間能夠對話溝通。既然如此，我們應該能夠彼此理解才對吧。」

「你身上都是我的同伴的血腥味，事到如今早就沒得商量了——！」

長相有如黑道一般凶神惡煞的食人魔瞪著我，害我差點沒尿褲子。

「和、和真——！」

我在聽見惠惠悲痛的尖叫聲的同時——！

「啊啊啊啊、早知道事情會變成這樣的話我昨天不要耍帥和惠惠把該做的事情做下去就好了啊啊啊啊啊！我不想在死的時候還是處男之身啊啊啊啊！」

「你、你這個男人！你這個男人在這種時候還是這樣！」

食人魔逼近不小心將臨死的心願脫口而出的我，就在這個瞬間。

一個看起來很硬的黑色物體，將健壯的食人魔彈開了。

在我面臨危機時瀟灑登場的，當然是……

「慢死了！所以我才叫妳先把鎧甲穿好嘛！」

「可、可是，我怕一直穿著會害鎧甲充滿汗臭味……！」

紅著臉如此辯解的是一直在馬車裡穿鎧甲穿到現在的達克妮絲。

達克妮絲舉起大劍，再次面向她剛才撞開的食人魔。

食人魔的攻擊雖然很有威脅性，不過這個傢伙穿上鎧甲之後即使要長期抗戰也撐得住。

趁達克妮絲爭取時間的時候，我去弄醒其他冒險者們就可以……

「我要宰了你！」

我還來不及提議，達克妮絲便喊出這種危險的台詞，高高舉起劍攻向食人魔。

想當然耳，食人魔輕身躲過，但達克妮絲的攻擊毫不停歇，不斷揮著劍。

「達克妮絲，不用勉強攻擊，妳爭取時間讓我去弄醒其他冒險者就……」

說到這裡，我發現達克妮絲的狀況好像不太對。

「和、和真，達克妮絲和以往不太一樣，看起來怪怪的耶？平常她的攻擊性應該沒有那麼高才對。」

即使用力喘著氣，達克妮絲依然欣喜若狂地到處追趕著食人魔。

平常那個超級受虐狂騎士不知道上哪去了，就算被食人魔反擊也不以為意地靠鎧甲擋下來，就這麼毫不停歇地……

「哈哈哈哈哈！呼哈哈哈哈哈哈哈！」

「喂，達克妮絲，妳的笑聲變得和某個惡魔像極了！應該說，是鎧甲吧！原因八成出在那副鎧甲上吧！」

達克妮絲穿在身上的漆黑鎧甲。

那副鎧甲不僅反射著日光，鎧甲本身也散發出詭異的光芒。

不知道是詛咒還是庇佑，反正肯定是那個讓達克妮絲變得那麼嗨。

總之鎧甲之後再硬脫，現在先對付食人魔再說！

「喂，小妞，妳很行嘛！看起來腹肌也練得很硬，要不要當我的馬子啊？」

「好，我要把你大卸八塊！」

沒耐性的達克妮絲一下子就中了對方的挑釁。

眼前的狀況讓我產生了危機感，於是我放棄弄醒冒險者，改為協助達克妮絲。

用弓箭掩護她當然也可以，不過這個時候還是用剛學會的魔法——！

「嘗嘗我這招！『Flash』————！」

「啊嘎啊啊啊啊！」

我詠唱的閃光魔法即刻發出強烈的光芒。

光芒燒灼了正在與達克妮絲對峙的食人魔的眼睛，然後——

「呀——！我、我的眼睛啊啊啊啊啊！」

「你、你在搞什麼啊！被自己的魔法閃到眼睛是怎樣！」

也燒灼了直視強光的我的眼睛。

可惡，這就是剛學會的技能的弊害嗎！

早知道就不要想在大家面前搞什麼覺醒能力處女秀，乖乖先試用過就好了！

「呼哇啊！你好樣的、臭小子……！」

正當我因為眼睛疼痛而在地上打滾，等待視力恢復時，附近傳來食人魔這樣的聲音。

大概是達克妮絲給了失去視力的食人魔最後一擊吧。

「到頭來，和真到底是笨還是聰明啊？」

我閉著眼睛，任由沒好氣地這麼說的惠惠牽起我的手。

「我、我會吃這種苦，全部都是那個離家出走的傢伙害的啦！等我找到她一定要給她好看——！」

同時對著遠在他方，不知身在何處的阿克婭如此怒吼。

幕間　廢柴女神劇場③

坐在前往阿爾坎雷堤亞的馬車上搖晃了將近一個小時。

「吶，賽西莉，我膩了。」

「我也這麼覺得呢，阿克婭大人。那麼我們差不多該回去了吧。」

我才剛隨口發牢騷，賽西莉立刻對我這麼表示。

「如果是平常的我一定會說就這麼辦吧，但現在不行。因為要是就這樣回去的話，因為魔王而受苦受難的世間眾生就得不到救贖了。」

雖然是有那麼一瞬間，我很想要乾脆回去算了。

「不愧是阿克婭大人。不過，您坐馬車坐到開始膩了的心情我也能夠理解。既然如此，不如找車夫先生商量看看是不是可以休息了如何？」

「……不可以啦，賽西莉，我們離開阿克塞爾才沒過多久而已不是嗎？出發時間原本就已經拖到了，再這樣下去會被和真追上的。」

賽西莉帶我到馬車停靠處之後，卻又回阿克塞爾教會拿了一大堆行李，結果我們沒搭到早上第一班車。

「不好意思，阿克婭大人，好女人做準備總是比較花時間。」
「原來如此，既然是這樣就沒辦法了。誰教阿克西斯教徒當中只有好女人。」
為了磨練自己的好女人度，以後我出門的時候也故意遲到好了。
「話說回來，總覺得這輛馬車跑得很慢呢。之前和大家去阿爾坎雷堤亞的時候，我可沒有閒情逸致像這樣看風景。」
從馬車的車窗望著外面的賽西莉聽見我這麼說，帶著微笑回應。
「因為這輛馬車是走觀光用的悠閒路線。啊，妳看妳看阿克婭大人！那邊有一群遠渡梭子蟹呢。牠們會用堅固的甲殼保護自己避免外在的敵人還有日曬造成的乾燥，像那樣前去遠征。產卵的季節還沒到，所以那應該是為了爭地盤而要去砸場吧。」
「賽西莉真是博學多聞呢……等一下，這輛是觀光馬車嗎？我想盡早到魔王城去耶。」
遠渡梭子蟹固然令我好奇，但我覺得現在不是看牠們的時候。
「阿克婭大人，我選觀光馬車是有理由的。因為昂貴的觀光路線為了載有錢客人都會僱用強悍的護衛。像阿克婭大人這樣的大祭司如果有了什麼閃失是世界的損失。俗話說欲速則不達，現在還是放慢速度吧。」
「原來如此，有強悍的護衛是好事一樁。既然這樣就慢慢來吧。」
不愧是賽西莉，果然優秀。

「而且費用可以用阿克西斯教團的經費核銷，所以我想還是搭比較貴的馬車比較好。」

「那真是太好了。比較貴的當然比較好。這樣屁股就不會痛了。」

就在這個時候……

「各位客人，馬車要在此臨時停車！看來食人魔似乎在狩獵遠渡梭子蟹，我們將在此等候到牠們的狩獵行動結束為止！」

聽車夫大叔這麼說，我看了過去，便看見有幾隻食人魔正在追趕那群遠渡梭子蟹。

「吶，賽西莉，食人魔顧名思義就是吃人的魔鬼對吧。」

「阿克婭大人，我想食人魔有時也會很想吃螃蟹吧。」

……………

「不知怎地我也開始想吃螃蟹了。」

「真是太巧了，阿克婭大人，我也很想吃螃蟹。畢竟眼前正好有正當季的遠渡梭子蟹正在大移動嘛。」

我們瞄了車夫大叔一眼，大叔便帶著苦笑聳了聳肩。

「那群螃蟹那麼多，即使從旁帶走一兩隻，食人魔們應該也不會生氣吧。我們僱用的護衛很有本事，就坐在隔壁的馬車上。要不要再靠近一點，請他們試著去抓點螃蟹回來啊？」

大叔如此提議，而我想到了比那個更好的好主意。

「不需要特地靠近過去。叫螃蟹主動過來好了。」

「阿克婭大人，不肖賽西莉想請教一下您接下來打算怎麼做。」

我一邊準備使用魔法，一邊回應賽西莉。

「這個嘛，我想把螃蟹群叫過來這裡。」

「阿克婭大人，只聽這些我還是不知道您打算做什麼。這是我身為祭司的直覺，我覺得這種套路讓我有種不祥的預感……」

在賽西莉把想說的話說完之前，我已經朝高空發射了魔法。

「用這招還真令人有點懷念！今天是螃蟹大豐收的日子！『Force fire』！」

「不可以大豐收——！」

在賽西莉放聲尖叫的時候。

成群的遠渡梭子蟹及食人魔已經朝著我發射出去的藍色火焰一舉衝了過來——

「哇啊啊啊啊啊啊——！這種發展也讓我有點懷念啊和真先生——！」

「我並不討厭您這樣亂來呢阿克婭大人——！」

第四章

與邪神的使徒做出了斷！

1

「妳給我有分寸一點別讓我多花力氣！快點乖乖脫掉，難道妳想要被我暴力扒光嗎！不准抵抗！」

「別這樣、快住手！這樣、這樣……！你是怎麼了和真，突然在這種人來人往的地方這樣……！居然像隻禽獸一般渴求我的身體……！」

這個白痴！

「我是叫妳脫掉那副可恨的鎧甲！為什麼妳每次遇到敵人都要衝鋒陷陣啊！肯定是被詛咒了吧！錯不了了，那副鎧甲肯定附帶了詛咒吧！」

「才沒有什麼詛咒！被詛咒的裝備一旦穿上身之後就會不斷為持有者帶來災禍，一直到死都無法從身上卸下來。這個不但能夠確實卸除，戰鬥時會湧現的那股奇怪的興奮感更不是詛咒，而是屬於庇佑之類的力量！」

「妳承認自己在戰鬥中會變得很奇怪是吧！既然如此就好辦了，無論是詛咒還是庇佑都無所謂，快點把那副鎧甲脫下來就對了！夠、夠了喔，就叫妳不准抵抗了！我買這個城鎮最好的鎧甲給妳就是了！」

離開阿克塞爾之後，我們也和護衛冒險者們一起經歷了無數次對付怪物的戰鬥，然後才來到阿爾坎雷堤亞這裡……

「我不要！都已經把東西給人家了竟然想收回，未免太沒肚量了吧！這不但是我第一次收到人家送我的鎧甲，更是附加了強大魔法的十字騎士專用裝備！我要把這個當成達斯堤尼斯家的傳家之寶。我決定了。在打倒魔王之前，除了睡覺和洗澡的時候以外我都不會脫下這副鎧甲。」

「為什麼妳要突然這樣耍任性啊！妳穿著那個我們就不能用攻擊魔法了啦，因為妳會一馬當先衝進敵人當中！妳知不知道妳那種舉動害得我們在來到這個城鎮的路上有多辛苦！搞到保護我們的那些冒險者每次都差點沒哭出來好嗎！」

現在，我們身在城鎮的大街上。

堅持不肯脫掉鎧甲的達克妮絲正在和我激烈爭執。

我給了達克妮絲的這副鎧甲看來似乎有奇怪的作用。

這好像具備著能夠消除裝備者心中的恐懼，振奮其勇氣的功效。

如果是正常的十字騎士，那種效果肯定是非常了不起的恩惠。

但是發揮在我們家的十字騎士身上，那種效果就麻煩到了極點。

也不知道是在她的哪根神經上發揮了什麼奇怪的作用，只要戰鬥一開始，她就會不聽別人的勸阻，第一個朝著怪物衝出去。

我都忘記這副鎧甲是維茲挑選的東西了。

關於維茲鑑定商品的眼光，我明明就應該非常清楚才對……

這時，在一旁默默觀望著事情發展的惠惠開了口。

「你就死心吧，和真。雖然有奇怪的副作用，不過這副鎧甲確實是好東西。或許是不輸給傳說級裝備的好貨色也說不定。這樣一來，即使接下我的爆裂魔法大概也不會死吧。」

「妳到底在說什麼鬼話啊！妳會轟下去是吧！妳的意思是即使達克妮絲混在怪物裡面，妳也會用爆裂魔法轟下去是吧！」

聽了如此駭人聽聞的發言，達克妮絲雙手抱胸，低吟一聲。

「我完全無所謂。還記得以前中了惠惠的爆裂魔法的時候我失去了意識。但這次我可不會輸。」

「說得也是。這趟旅程之中，是差不多該來趁機搞清楚我的魔法和達克妮絲的耐力哪邊比較強了。」

「那種事情，等我們帶回阿克婭回到阿克塞爾之後再搞好嗎！應該說，妳給我差不多一點！再不放棄那套鎧甲的話，我真的會暴力扒光妳喔！」

說著，我對達克妮絲伸出一隻手，擺出偷竊技能的姿勢……！

「很好，你試試看吧。」

「咦？」

我不禁做出最原始的反應，而達克妮絲依然雙手抱胸。

「你試試看啊，我完全無所謂。」

並且在大庭廣眾之下如此放話。

「妳、妳在說什麼啊，是『Steal』喔？我要在大庭廣眾之下對妳使用『Steal』喔？說來說去，妳對於在大家面前遭受羞恥玩法還是……」

「現在的我可不會因為那種事情而屈服！而且，只有我還沒有領教過你的『Steal』。如果是以前的我或許會猶豫，不過有了這副鎧甲的庇佑，我現在勇氣十足，什麼都不怕。好了，你試試看啊！總是在重要關頭裹足不前的你，如果有辦法在大庭廣眾之下扒光我的話就試試看啊！」

「變、變態！為什麼會變得那麼積極啊！妳到底知不知道自己在說什麼啊，那副鎧甲果然有問題！我知道了，我辦不到，我承認就是了！所以妳不要一直擠過來！」

或許是鎧甲的功效吧，那個變態度往無可救藥的方向更上一層樓的傢伙逼得我節節後退。

「……太奇怪了。我們明明吵成這個樣子，卻沒有人出來看熱鬧。這個城鎮的居民結構應該幾乎都是阿克西斯教徒才對啊。阿克西斯教徒的習性是好奇心旺盛，喜歡糾紛和爭執，一有什麼騷動就想參一腳擴大受害規模，最喜歡祭典等等。達克妮絲在這種大馬路旁邊嚷著快把我扒光，他們應該要飛奔而至才對啊。」

「那群傢伙的確很會牽連別人，不過被妳這麼一說確實是很奇怪。之前來這個城鎮的時候他們還不斷拉人入教對吧。但是現在……」

我再次環顧四周，發現街上幾乎沒有路人。

該怎麼說呢，氣氛相當蕭條——

「這裡也算是滿大的城鎮對吧。以一個大城而言人不會太少了嗎？怎麼會這樣，是不是發生什麼事了？」

達克妮絲略顯疑惑，和我一樣環顧四周。

而惠惠對這樣的我們提議。

「之後再打聽看看發生了什麼事情好了。接下來的路程只能徒步前進或搭馬車，所以我們還得先設法準備馬車才行。」

2

「歡迎光臨！幾位要來點什麼？我們的每日午間特餐現在限期免費附贈甜點，是最推薦的餐點喔。順道一提，阿克西斯教徒在本店用餐可以打七折。方便的話可以填一下這個！」

女服務生露出微笑，連同菜單一起遞出一張紙。

她遞出的那張紙當然是阿克西斯教團的入教申請書。

……這麼說來，這個城鎮就是這種地方。

在這間為了收集情報順便吃午餐而走進來的店裡，我們很快地面臨了這個城鎮的洗禮。

「呃……那我就點妳說的每日特餐。」

「好的！那位小姐呢……？」

「我要尼祿依德和三明治。」

「好的！」

女服務生帶著笑容寫下我和惠惠點的東西。

接著換達克妮絲打開菜單……

「這個嘛，我看看喔……」

「吃土啦妳。」

正當達克妮絲準備點餐時，女服務生依然帶著笑容這樣嗆聲，嗆完就直接進廚房去了。

「…………」

我對還沒闔上菜單，紅著臉僵在位子上不斷發抖的達克妮絲說：

「妳在這個城鎮還是把艾莉絲教徒的項鍊藏起來吧。」

「……我、我拒絕……」

才剛抵達這個城鎮，達克妮絲便從胸口拿出艾莉絲教徒的項鍊，像是深怕人家看不到似的，大概是之前來到這個城鎮的時候因為戴著這個而碰上慘痛的待遇，讓她食髓知味了吧。

「……話說回來，明明是午餐時間，卻連店裡也沒有幾個人呢。這個城鎮的氣氛應該總是被一群腦袋有問題的人炒得很熱鬧才對啊……」

被惠惠這個紅魔族說成這樣的阿克西斯教徒。

不過，感覺還是不像之前來這裡的時候碰到那麼多麻煩。

之前光是走在路上就會碰上難纏的傳教——

「——這個城鎮的阿克西斯教徒在教團最高負責人傑斯塔大人的指揮之下，出外狩獵通往魔王城的路上的怪物了。」

穿著藍色的護胸，一隻手拿著錘矛，另一隻手拿著銀色的盾牌，以這樣的打扮直挺挺地站在阿克西斯教堂正面的阿克西斯教徒大姊姊這麼告訴我們，言行當中顯得幹勁十足。

吃完東西之後，我們為了打聽狀況而來到阿克西斯教團的教堂。

在剛才那間店裡，達克妮絲動不動就被找碴，我們根本無暇收集情報。

「阿克西斯教徒也會做那種為民為世謀福利的事情啊。」

「你是不是以為我們的生命意義是以麻煩別人為樂啊，請不要用那種有色眼光看待我們。有關阿克西斯教團的負面傳聞，全部都是無情無義又邪惡的艾莉絲教徒在造謠。」

將教堂護在自己背後擋住去路的大姊姊狀似悲傷地如此控訴。

「……順便問一下，妳在這裡幹嘛？」

「現在阿克西斯教徒大部分都不在，大家平常恣意妄為所導致的惡果都浮上檯面來了。以艾莉絲教的女神官為首，在城鎮裡屬於少數派的非阿克西斯教徒們開始跑來教堂搗亂。」

「妳倒是有平常都在恣意妄為的自覺嘛！不對，妳一個人頂得住嗎？」

因為和那位大姊姊見過幾面，讓我有點擔心地這麼問。

我記得，我們第一次來到這間教堂的時候就是這位大姊姊為我們介紹環境。

聽我這麼說，大姊姊露出微笑。

「頂得住啊。只要有叛教者屁顛顛地現身，我就會用這根又粗又硬又大的錘矛讓他們轉大人，一個也不放過。」

「別、別這樣吧！就是那種舉動導致了阿克西斯教徒的負面評價好嗎！……對了，和我同隊的那個名叫阿克婭的大祭司有沒有路過這個城鎮啊？我想收集關於這件事情的情報，但是這個城鎮的店家根本不可能乖乖聽我說話。」

大姊姊聽見阿克婭這三個字立刻笑逐顏開。

「她來過了！沒錯，阿克婭大人來過喔！她來到這個城鎮的時候還在擔心『我以前把溫泉源頭變成熱水，你們有沒有生氣啊？』之類的，心驚膽顫的呢！啊啊，當時的阿克婭大人好可愛啊！應該說，目前這個城鎮的阿克西斯教徒傾巢而出也是遵從阿克婭大人的指示！啊啊啊啊，原本我也很想去狩獵怪物的說……！但是很遺憾地，我在留守猜拳當中落敗了。」

連珠炮似的說個沒完的大姊姊一副覺得很無聊的樣子，踢飛腳邊的石頭。

被她踢飛的石頭打中達克妮絲的護腿，但大姊姊似乎不覺得有什麼錯。

「奉阿克婭的命令去狩獵怪物？這是怎麼一回事？關於這部分能說得更詳細一點嗎？」

「阿克婭大人是這麼說的。『汝等，每日聖潔而正直地走在自己的道路上的阿克西斯教徒啊。這個城鎮有著通往魔王城的道路，為了讓旅人之類的能夠安全並迅速地行經這條道路，強大健壯又帥氣的你們應當前去處決威脅道路安全的怪物。如此一來在魔王伏法之際，降臨到這個世界剛好路過的阿克婭女神或許就會一邊說「其實我是女神！」之類的一邊跑來這裡玩也說不定。或許還會一一惠賜你們嘉獎與感謝的話語也說不定』……這樣。」

聽我這麼問，大姊姊連看都沒有看鎧甲被她的石頭砸到而心疼泛淚的達克妮絲一眼，帶著恍惚的表情自我沉醉。

這種不對勁的感覺是什麼。

……對了，大姊姊對阿克婭的反應很奇怪。

沒錯，簡直就像是——

「阿克西斯教團的大家其實早就發現阿克婭的真實身分之類的……」

我不禁這麼脫口而出，不過想到被派去阿克塞爾的那位名叫賽西莉的祭司的言行，這是最合理的解釋了。

「那還用得著說嗎？我們清明澄澈的雙眼可不是掛好看的喔。」

這些傢伙是認真的嗎？

「應該說，妳們之前還叫阿克婭冒牌貨，還對她丟石頭……」

「那是披著阿克西斯教徒皮的艾莉絲教徒幹的好事。我完全不記得有做過那種事情。」

喂，說謊都不打草稿的喔妳。

不對，先不管這個了，阿克婭叫他們保全街道的目的到底是什麼啊？

……難不成，她是在期待我們來追她嗎？

該怎麼說呢，這還真的是離家出走的小孩希望大家來找她的狀況吧。

是的話何必做這麼麻煩的事情，再稍微把腳步放慢一點不就好了。

真是的，那個傢伙到底要給我們添多少麻煩啊……！

「請問，阿克婭是一個人行動嗎？有沒有一個拿著魔劍、不怎麼討喜的型男，還有一個看起來很苦命的紅魔族和她在一起？」

「啊啊，確實是有那樣的兩個人。在我為阿克婭大人送行到城鎮出口的時候，確實是有個拿著看起來很昂貴的劍的型男，像是在對炒股失敗而缺錢的我炫富似的，坐在一輛看起來很昂貴的馬車上。我的必殺眉目傳情也對他不管用。」

總覺得這個人時不時就會隱約顯露出廢人感呢。

不過，御劍他們順利和阿克婭會合了是吧。

這樣姑且可以先放心了。

「這樣啊，阿克婭有人照顧了是吧……對了，我想順便問一下，有沒有可以租馬車的店啊？要多花點錢也無所謂，最好是腳程比較快的……」

「我想這個教堂所擁有的馬匹在這個城鎮應該是腳程最快的了……不過身為艾莉絲女神的走狗，妳趴下來用四肢著地的姿勢跑不就好了嗎！這樣最適合邪惡的艾莉絲教徒了……啊啊！該死的叛教者，妳在做什麼！」

大概是終於忍耐到極限了吧，達克妮絲和女信徒扭打了起來，而我壓制住這樣的她，對著那個缺錢信徒遞出大量的艾莉絲紙鈔。

「不好意思，可以把馬借給我們嗎？要錢的話……」

「為你獻上阿克婭女神的祝福！」

3

為了恢復惠惠的魔力，我們請女信徒讓我們在阿克西斯教堂過了一夜，然後駕著馬車追趕阿克婭。

或許是阿克西斯教徒的怪物驅除活動有了成效吧，這明明是一條長期遭到棄置的街道，一路上卻非常順利。

不，順利是很順利……

「喂，達克妮絲。路程順利是很好，但妳不覺得趕馬趕得有點太快了嗎？我覺得速度再放慢一點也沒關係喔。雖然有阿克西斯教徒在努力，但我覺得怪物不可能完全被根除才對。

要是有怪物衝出來的話馬也會被嚇到吧？」

聽我這麼說，在車夫座上操控馬匹的達克妮絲還是默不吭聲。

既然旅行的人數不多，由馬匹拉的馬車也盡可能用小一點的比較好。

兩匹馬拉的馬車可供兩人乘坐。

懂得操控馬匹的達克妮絲坐在車夫座上，我和惠惠則是並肩坐在她後面。

「我說，達克妮絲……？我也覺得確實是趕得有點太快了。我知道妳很擔心阿克婭，不過操之過急的話會讓馬匹累壞喔？」

惠惠似乎也和我一樣對於速度感到不安，如此忠告。

「…………」

但是達克妮絲既沒有放慢速度也沒有回話，讓我感到不太對勁，便再次叫了她。

「喂，妳有沒有再聽啊？太快了啦。稍微把速度再放慢一點……」

正當我說到這裡的時候，達克妮絲轉過頭來，哭喪著臉……

「……馬匹不聽我的使喚……」

「「…………」」

達克妮絲見我們不禁啞口無言，又說。

「我曾經聽說過。在阿爾坎雷提亞，就連馬匹也會被阿克西斯教徒洗腦。因此，那裡的馬不會聽非阿克西斯教徒的人說的話之類的……」

「快勒馬啊啊啊啊啊——！」

「啊！和真你看！馬車的角落放了阿克西斯教的入教申請書！被設計了！我們被那個信徒設計了！」

在開始暴衝的馬車當中，我再次親身體會到阿克西斯教徒有多瘋狂。

「啊啊啊啊，混帳——！我看在消滅魔王軍之前應該先消滅阿克西斯教徒吧——！」

「和、和真，這種時候我看就由你代表我們，在申請書上隨便簽個名……！」

「唔、喂，乖乖聽我的！快點，乖喔乖喔！你乖乖聽我的之後就有新鮮的蔬菜可以吃！剛採收還新鮮到會跳來跳去的那種！」

達克妮絲拚命安撫馬，我抱頭吶喊。

惠惠拿著入教申請書，在暴衝的馬車內失去平衡跌了一跤，就在這個當下。

「啊啊，前面有人！和真，怎麼辦！再這樣下去我們會輾過前面那些人喔！」

面朝前方的達克妮絲如此吶喊，聽起來非常急切。

在劇烈搖晃難以維持平衡的馬車內，我好不容易看了一下前面，只見前方有相當多的人影！

不是只有一兩個人！

再這樣下去……！

「輾過去吧。」

………………

「沒關係。達克妮絲，就這樣直接輾過去吧。」

「惠、惠惠！」

在達克妮絲有點倒彈地看著惠惠的時候，儘管慢了半拍，但我也看穿群聚在前方的那些人影是什麼來頭了。

「沒關係。不如說輾得越大力越好！在那群人前面的是……！」

隨著馬車越來越近，群聚在前方的那些人似乎也發現了馬車的存在。

在人影紛紛讓路時，一名男子依然逗留在街道的正中央。

那個傢伙看見坐在馬車上的惠惠，便開口大喊。

在神官服外面套著鐵製護胸的白髮大叔開朗地對著我們這邊揮手。

「這不是惠惠小姐嗎！好久不見了，妳還記得我嗎？我是阿克西斯教團的最高負責人……！」

屁顛顛地跑到前面來的那個什麼最高負責人，就這麼被暴衝的馬車撞飛了。

4

「『Heal』！『Heal』！……如何？有沒有好一點了？」

雖然說馬匹暴衝的原因是出在阿克西斯教徒身上，策馬撞人還是讓我感到愧疚，所以我不斷為他施展剛學會的治癒魔法。

「有，舒服多了。其實呢，我要自己治療也不是不行喔。不過，年輕人為自己施展治癒魔法還是比較好！感覺不只傷勢，連心靈也得到治癒了！」

「不愧是什麼都吃得下的傑斯塔大人！到哪都不改本色……！」

「『只要有洞，半獸人也可以用』可是傑斯塔大人的座右銘呢！屌喔！傑斯塔大人真是太屌了！」

在我施展治癒魔法的時候，一直都是狗嘴裡吐不出象牙的這個名叫傑斯塔的男人。

我說，這個大叔姑且是教團裡最了不起的一個人吧？

「好久不見了，惠惠小姐。話說回來，我還真沒想到才剛見面竟然就會遭受如此殘酷的待遇。事已至今，妳可以表示歉意的選項只有兩個，要不就是加入阿克西斯教團，要不就是

和我建立起穩定的伴侶關係了。」

「我話先說在前頭，是因為在你們那裡借來的馬匹暴衝我們才會輾過傑斯塔先生喔。請不要連養馬的時候都做出奇怪的事情來。」

在回嗆那位說的話沒一句能聽的大叔的同時，惠惠重重嘆了口氣。

大叔轉頭面向我後開了口：

「你的事情我已經聽說了，和真先生！你可以直接稱呼我為傑斯塔，或是把拔、達令、父親大人，隨你高興。」

「喂，惠惠，我姑且還是說一下，要慎選朋友比較好喔。」

「我也不是自願認識這些人的好嗎！應該說我才要告訴和真，你也小心一點比較好，可不要受到這些人的壞影響喔。」

聽惠惠如此忠告，我再次看了看周遭。

無論是男是女還是老人，服裝和裝備都各不相同，乍看根本不知道是怎樣的一群人。

不過，只有一件事情是他們的共通特點。

那就是……

「大哥哥是個型男呢！吶，人家可以叫你葛格嗎？」

「不乖，不可以喔！這位大哥哥確實是位完美的型男，但是妳怎麼可以對著不是阿克西斯教徒的人叫葛格呢……我知道妳想要有一個哥哥可以撒嬌，但是妳應該找阿克西斯教徒喔。不然真的是個型男說，太遺憾了……」

「我知道了………吶，葛格，葛格討厭阿克西斯教徒嗎？」

怎麼會討厭呢。

看著不安地凝視著我的小女孩，我好不容易把這句已經衝到喉頭的話吞了回去。

或許是見我不答話而不耐煩了吧，小女孩和疑似她的母親的兩人對別的信徒伸出手，擊掌交棒。

在我面前接棒的另外一個信徒，是個身穿飄來飄去的類似哥德蘿莉服飾的可愛少女，以楚楚動人的眼神仰望著我……

「請問……我可以叫你兄長大人嗎？」

「當然不可以，聽這個聲音，你是男的吧！剛才那個叫傑斯塔的大叔也好你也好，阿克西斯教徒都這樣什麼都通吃嗎！」

「我才不是什麼都通吃！我只是和傑斯塔大人一樣，兩邊都可以罷了！」

「夠了喔，不准開口閃一邊去，重口味的角色有超級受虐狂十字騎士一個就很多了！」

「咦咦！」

達克妮絲驚訝地指著自己一副很無法接受的樣子，在此同時我趕走了哥德蘿莉少年。

真是的，和這些傢伙交談真的會累。

但是，在場有個比我們還要累，已經疲憊不堪的傢伙。

那就是——

「妳好像被整得很慘的樣子呢……應該說，也太憔悴了吧。」

「吵死了……嘖，為什麼你會出現在這種地方啊。前面已經是人類對抗魔王軍的前線基地了。頂多只有小小的村莊比較有看頭喔。啊啊，真是不爽……！才想說怎麼會被這群怪人纏上，結果就看見最不想見到的一張臉！」

一邊這麼說，一邊踢開腳邊的石頭的，是個祭司。

聽說從阿克塞爾的警察局逃掉了的，殺了我的邪神崇拜者兼魔王軍幹部賽蕾娜，不知為何被阿克西斯教徒包圍著，一副精疲力盡的樣子。

看來是因為她穿著一眼就看得出來是祭司的服裝，才被原本在狩獵怪物的阿克西斯教徒纏上了吧。

在達克妮絲因為被說重口味而沮喪，太陽穴忍不住抽動的惠惠保持著戒備的時候，完全不會看場合的阿克西斯教徒們正在對賽蕾娜性騷擾。

「唔！妳這個傢伙，沒事身材那麼誘人到底有什麼目的！是哪個城鎮，又是哪個宗派的祭司，快報上名來！」

「沒錯沒錯，快告訴我們，下次大家才可以一起去鬧場！」

「啊！繞到這位小姐的背後可以看到若隱若現的胸罩肩帶！從這個不知羞恥的胸部尺寸來看，她應該和艾莉絲教徒沒關係嗎……！」

「不對等一下，有人提了一份論文到學會，裡面指出宗派和胸部的成長修正沒有太大的關係。為了這方面的統計，妳也該說出自己的宗派！具體來說，妳要告訴我們到哪個城鎮的教堂去，幾點去才可以見到妳！我們並不會以聖戰為名而欣喜若狂地去找妳性騷擾，所以妳儘管放心！」

「…………你、你們這些傢伙，差不多該收斂一點了吧……？」

我對著感覺忍耐已經快到極限的賽蕾娜說：

「……該怎麼說呢，在這裡見到妳是個好時機。我正好有很多事情想問妳。妳殺了我固然讓我很不爽，不過只要妳乖乖回答我的問題，這次我可以放妳一馬。」

被我這麼一說，賽蕾娜像是在看什麼不值一哂的東西似的瞥了我一眼。

「呸。」

「「「「啊啊！」」」」

然後在地面上吐了一口口水，像是在說那就是她的回答似的。

也不知道是不是對她目中無人的態度有什麼意見，阿克西斯教徒放聲大喊。

「哼。少說那種蠢話了。為什麼我非得回答你這種傢伙的問題不可啊。還是怎樣？你還想對我支付代價嗎？不過，我早就不打算把你這種傢伙變成傀儡……喂，你們這些混帳在幹什麼啊！等等、別……！你們把我吐過口水的沙土整塊挖起來想要幹什麼！」

正如她所指出，眾多阿克西斯教徒們為了爭奪吸收了賽蕾娜口水的沙土而大打出手。

該怎麼說呢，這個層次已經高到我跟不上了。

我一點也不想知道他們打算拿來做什麼，總之在沙土爭奪戰當中獲得勝利的傑斯塔將那些土裝進瓶中收進懷裡，像是要拿來當成多重要的寶貝似的。

「……呼。不好意思，讓妳見到吾等同志們不堪入目的一面了，真是過意不去啊，這位小姐。」

「不對等一下，你沒資格說吧！你這樣讓我非常不舒服可以不要嗎！最重要的是，你們到底是何方神聖啊！從剛才開始就一直對我恣意妄為，卻沒有任何一個人覺得欠了我什麼到底是怎麼一回事！你們性騷擾得那麼誇張，總該對我心存感激或有類似的其他感覺吧！」

聽賽蕾娜那麼說，傑斯塔浮誇地高舉雙手。

「感激？我當然心存感激啊，感激我們的神！啊啊，今天能夠幸運如斯，全都要歸功於我們平日的行為以及信仰……！啊啊，感激不盡、感激不盡……！」

傑斯塔一邊這麼說，一邊對著賽蕾娜深深一鞠躬。

「到底是怎樣啊真的是，這群腦袋不正常的人是什麼東西啊！真是夠了，搞得我開始莫名其妙了！應該說和真，你現在活蹦亂跳的究竟是為什麼？我應該對你施展了死亡魔法才對……喂你這個死老頭！你假裝鞠躬然後偷看我的內褲是想怎樣！給我差不多一點喔，小心老娘宰了你！」

無論賽蕾娜吼得多大聲，阿克西斯教徒還是死性不改。

「妳還記得那個叫阿克婭的祭司嗎？她就只有法力高強這一點可取，是她用復活魔法讓我活過來的……先別說這些了，我有很多事情要問妳。」

正當我設法說服賽蕾娜時，她拿出綁在腰部後方的錘矛指著我說：

「所以說，我為什麼非得回答你的問題不可啊？不然你也可以憑蠻力逼我說啊？雖然說我的等級被降低了，不過剩下的力量還是足以搞定在場的所有人喔……而且，你說的那個能夠幫人復活的祭司看起來好像不在嘛。怎樣？即使是這樣你還是要跟我硬碰硬嗎？」

賽蕾娜擁有復仇女神的庇佑。

或許是知道只要有那個就沒人能夠奈何得了她吧，她笑得相當猖狂。

果然再不濟也不愧是魔王軍幹部，即使等級掉下來了還是充滿自信與閒適。

達克妮絲用力握拳握到都聽得見聲音了，惠惠的眼睛也開始閃現紅光，而就在這個瞬間，賽蕾娜又說了。

「話說回來，那個女人叫阿克婭是吧？早知道就不要理你這種貨色，應該先殺掉那個傢伙才對。實在是一大敗筆啊，真是的……」

——現場的氣氛瞬間降溫。

繞到賽蕾娜背後，打算拜見若隱若現的胸罩肩帶的阿克西斯教徒。

年紀還小，對達克妮絲這個艾莉絲教徒不停丟石頭的阿克西斯教徒。

從不久之前開始就一臉愛睏，沒事情做的女性阿克西斯教徒。

……還有……

「妳剛才，說了什麼？」

千方百計想要偷看賽蕾娜的內褲，以趴在地面上的姿勢匍匐前進的傑斯塔這麼問。

臉上的表情完全消失的阿克西斯教團最高負責人，一面以平靜的聲音這麼問，一面顧不得拍掉沾到膝蓋上的塵土就站了起來。

沒察覺現場的氣氛已經改變的賽蕾娜，將原本指著我的錘矛扛到肩頭上。

「我說了什麼？我說，早知道就該先殺了叫什麼阿克婭的那個駑鈍到不行的女人……所以，你想怎樣啊和真？我也差不多要瀕臨極限了。還想活的話就求我饒你一命吧。我知道你這個對手有多棘手。要對付你實在很麻煩，如果你跪下來求饒的話我可以放你一馬喔。啊啊，不過……」

賽蕾娜氣定神閒地露出猖狂的笑。

「這些傢伙已經沒救了。雖然你好像認識他們，不過他們實在惹我惹得太過頭了。距離魔王領這麼近了，已經不會有騎士追到這裡來了吧。好了，你要怎麼辦？」

她充滿自信地這麼說完，將原本扛在肩頭上的錘矛放到自己的右肩上。

「和真先生。這位小姐怎麼稱呼是什麼來歷，可以介紹給我知道嗎？」

不久之前那種不正經的氛圍不知道消失到哪裡去了，傑斯塔這麼說，平坦的嗓音既沒有抑揚頓挫也沒有一絲情感。

我以眼神詢問賽蕾娜，問她可不可以說出她的真實身分。

「你就介紹給他聽聽吧。反正我也不打算讓這些傢伙活著回去。至少讓他們知道我是誰，才可以在後悔當中逝去。」

聽見這種不會看場面的程度宛如阿克婭的發言，我對著賽蕾娜舉起手，為大家介紹她。

「這位是崇拜邪神蕾吉娜的黑暗祭司，同時也是把阿克婭整得很慘傷害了她最後還製造出讓她離開城鎮的契機的——魔王軍幹部賽蕾娜。」

然後，我對著完全陷入一片寂靜，所有人都板起臉來的阿克西斯教徒舉起手。

「這些是來自阿爾坎雷堤亞，惡名昭彰的阿克西斯教團的各位，以及阿克西斯教團最高負責人傑斯塔先生。」

——我介紹完的時候，響起了一個鈍重的聲音。

我看向聲音傳來的方向想知道是什麼。

只見臉色蒼白，冷汗直流，忍不住顫抖的賽蕾娜手上的錘矛已經拿不穩掉在地上了。

5

通往魔王城，現在幾乎已經無人使用的狹窄道路。

平常沒有任何人跡，只聽得見蟲鳴鳥叫的這個地方，現在……

「不──要──啊啊啊啊啊啊啊啊──！」

「「「吊──起──來！吊──起──來！」」」

響起的是眼睛布滿血絲，看起來已經完全失去理智的女性阿克西斯凶徒們的嘶吼聲，以及被吊在樹上的賽蕾娜的哭喊聲。

賽蕾娜被吊在一棵特別高的樹上，臉上因為淚水和鼻水而一塌糊塗，帶著因為恐懼而扭曲的表情拚命求饒。

「對對對、對不起！請原諒我！我什麼都不知道！那那那、那個女人居然是女神，我根本就不知道啊！」

「啊？叫誰那個女人啊妳這個傢伙。我們偉大的女神，對妳而言是可以用那個女人來稱呼的是不是？」

「噫──！對對、對不起！」

賽蕾娜有任何發言，女信徒都會發飆。

看她們將繩索掛到高大的樹木的樹枝上，以拔河的要領拖拉繩索，眼中充滿血絲的模

樣，已經是頂天立地的瘋狂信徒了呢。

弄掉錘矛之後，在發抖之餘依然試圖設法逃走的賽蕾娜三兩下就被抓了起來。

然後，她被繩索一圈一圈綑成像蓑衣蟲一樣，現在正要被女信徒們處刑……

「我、我說。不好意思，我有一點事情想問那個傢伙。接下來我要問的事情對阿克婭也有幫助，請妳們配合一下好嗎？」

即使對於阿克西斯教徒的暴行有點倒彈，我依然對她們這麼說。

於是，被掛到高處去的賽蕾娜一邊扭動身體一邊向我求救。

「和、和真——！救命……！救救我啊！你要問什麼我都回答，所以救我一命吧！你我又不是別人！我們已經是曾經同為蕾吉娜教徒的關係了不是嗎！我讓動不動就要任性的你過得那麼奢侈，每天做家庭代工養你對吧？雖然最後……演變成彼此對戰的狀況是沒錯！但即使如此，我們也已經是長期在同一個屋簷下一起過夜的深厚關係……痛！好痛，住手！喂，住手喔！沒頭沒腦的丟什麼丟啊！」

為了打斷她的發言，惠惠對著無法動彈的賽蕾娜丟起石頭來。

石頭砸到賽蕾娜的額頭，惠惠的額頭也冒出一個腫包。

看來雖然等級變成一了，復仇女神的詛咒依然存在。

也不知道到底是什麼事情惹到她了，惠惠依然打算對賽蕾娜丟石頭，於是達克妮絲壓制住她，我則是趁機對惠惠施展治癒魔法試圖讓她冷靜下來。

正當突然開始生氣的惠惠因為治癒魔法而舒服地瞇起眼睛的時候，賽蕾娜看見我們的這些舉動，像是想起了什麼似的對我們說。

「對、對了！要是殺了我的話，就會像剛才那樣，蕾吉娜女神的力量會讓你們也一起死掉喔！蕾吉娜女神是復仇女神，你們對我做了什麼都會全部照樣回到你們身上！這可不是在虛張聲勢喔！聽懂了就快點放開我！要是從這麼高的地方掉下去我當然會死掉！你們最好有心理準備，到時候綁住我、把我吊上來的所有人全都會沒命！」

賽蕾娜說得一副勝券在握的樣子，然而面對這樣的她，阿克西斯教徒各個連眉毛都沒動一下，完全面不改色地放話。

「「「那又怎樣？」」」

對於這超乎常軌的發言，不只賽蕾娜，連我們三個都無言了。

賽蕾娜一臉不懂自己聽見了什麼的樣子，這時一名女信徒笑容可掬地對她說了。

「我看妳好像誤會什麼了。我們是阿克西斯教徒。沒錯，是阿克西斯教徒。我們阿克西斯教徒在死去的那一刻會被送到阿克婭女神身邊。沒錯，會被送到我們敬愛的阿克婭女神身邊！然後，然後……！我們在死後，會轉生到阿克婭女神管理的世界去！沒錯，就是名為日本的樂園！」

「咦？」

這個信徒剛才說了什麼。

為什麼會在這種時候提到日本。

賽蕾娜一臉茫然，這時傑斯塔像是在代表其他信徒似的對她這麼說。

「日本。阿克婭女神表示，那裡是樂園般的夢想國度。在那裡，像我這樣的雙插頭也能夠正常過活而無須以此為恥……不僅如此！聽說那裡還充斥著各式各樣的特殊書籍，能夠配合任何人的嗜好！沒錯，被當成異端或是變態的我們，在那個世界也能夠抬頭挺胸活得光明正大！」

喂，閉嘴。

「像、像我這樣，最喜歡穿女裝的男生，到了那裡反而是一種需求！聽說，在那裡好像叫做偽娘……！」

閉嘴喔，真的不准再說了。

「在那個世界既不用挨餓，治安也很好，更不需要害怕怪物。然後……！聽說中年紳士在一起交疊纏綿的書，也是一種已經成立的類型……！而且，而且……！以小男生為主題的，很不行的小正太本聽說在那裡也有人賣……！我、我……！我非常慶幸自己是阿克西斯教徒！非常慶幸自己活著……！」

一個大姊姊臉頰泛紅，淚眼汪汪地如此吶喊。

……啊啊，對喔。

這群人都已經走火入魔了。

對於阿克西斯教徒如此狂熱的意見，眼中泛淚的賽蕾娜輕聲說了。

「宗……宗教狂……！」

聽賽蕾娜這麼說，我只能同意了。

「……言歸正傳。」

傑斯塔輕描淡寫的一句話，讓賽蕾娜在高處用力抖了一下。

「那麼，可以請妳回答和真先生的問題嗎？」

乍聽之下平靜的這句話嚇得賽蕾娜一臉蒼白，來回看著我和傑斯塔的臉。

而我對這樣的賽蕾娜說：

「那關於魔王軍的事情，請妳一五一十說個詳細。還有怎樣的敵人留在城裡，弱點到底是什麼。然後……關於魔王的事情當然也要。」

6

「以今天的日期而言，魔王的女兒大概已經率領軍隊離開城堡了吧。換句話說，現在沒有任何一個幹部在保護城堡，不過這當然是有理由的。」

從樹上被放下來但依然被綁著的賽蕾娜淡定地娓娓道來。

「以前，剛變成巫妖的維茲曾經來攻打過魔王城。那時，維茲硬是用魔法劈開城堡的結界闖了進來。在那之後，最資深的幹部便主動退休，並肩負起為魔王城守門的工作。」

「最資深的前幹部，聽起來就強到不行。那個傢伙是用什麼方式戰鬥？還有，有沒有弱點之類的？」

變得非常聽話的賽蕾娜乖乖回答我的疑問。

「先告訴你，那個傢伙強得一塌糊塗。這個傢伙在魔王城裡設置了能夠從魔界直接抽取魔力的魔法陣。他無法離開那個地方，但相對地，在魔法陣上面就可以發揮強大無比的力量。有無限供應的魔力加持，即使受了傷也會立刻復原，更能夠對自己毫不間斷地張設強大的結界，尋常的攻擊根本傷不了他。更何況他也是個法力強大的魔法師。要是正面接近魔王城，只會被他憑藉無限的魔力從遠距離不斷發射魔法就結束了。」

真是個討厭的敵人……

「要怎麼打倒那種傢伙啊。沒辦法避開那個傢伙嗎？」

對於我的疑問，賽蕾娜以被綁住的身體靈活地聳肩。

「想打倒他是不可能的任務。火力不夠看的話只會被那個傢伙的結界截斷，即使能夠傷害到他也追不上他的恢復力。即使沒有魔王城的結界，可能也要叫紅魔族們全體動員不斷狂轟魔法才能勉強攻破，大概是這種程度吧？想要避開他的話，這個嘛……以少數部隊偷偷接近是可以，不過以魔法劈開城堡的結界還是很醒目，無論如何都會被那個傢伙發現然後慘遭擊斃。」

賽蕾娜以一副什麼都無所謂了的態度爽快地這麼說。

劈開結界會很醒目是吧。

可是，叫阿克婭在結界上開洞的話不知道會怎樣。

「總之，在某種意義上或許是比魔王還要棘手的對手吧。據我所知，那個傢伙才是世界最強的魔法師。」

聽到世界最強的魔法師這幾個字，惠惠反應得很用力。

換句話說，只要那個傢伙在魔法陣上面，甚至就比維茲還要強嗎？

好吧，旅行途中再好好想要怎麼對付他。

更重要的是──

「那麼，關於最重要的魔王……」

「我拒絕。」

賽蕾娜一副唯有這個問題絕對不會回答的樣子，斷然拒絕了我。

「反正，我之後就會被處刑對吧？既然如此我能說的就到此為止了。還是說，你要想之前一樣和我交易嗎？條件是放我走。答應這個交換條件的話，我就告訴你魔王的情報。」

說著，賽蕾娜露出猖狂的笑給我看。

「妳以為現在還是可以讓妳說那種話的狀況嗎？仔細想清楚喔，各位宗教狂還在我身後等著隨時伺機而動喔？讓妳開口的手段要多少有多少……」

「試試看啊。拷問之類的手段對我不管用喔。因為，對我進行的拷問會原封不動地回到動手的人身上。來啊，要殺就殺吧！相對地，你想要的情報就會落入黑暗之中了！」

賽蕾娜惡狠狠地撂下這麼一句話之後露出笑容。

不過仔細一看，她的身體正在微微顫抖。

看起來是在逞強，其實是為了設法活下去而拚了命吧。

「……那麼，這種時候就交給我好了。」

正當我在煩惱該怎麼辦的時候，達克妮絲站到賽蕾娜面前。

達克妮絲不知為何雙頰泛紅，雙手忍不住抓動。

這、這個傢伙，該不會是……

「我堅韌的意志並不會輸給痛楚！接下來我要讓妳品嘗整套大全餐，讓我們來拚拚看誰會先叫不要！先從熱的開始好了……不對，一開始還是……」

「嗚、喂，住手喔變態！啊、夠了喔！妳脫掉我的鞋子想幹嘛……喂……嗚、喂！妳想對我的小指做什麼，那個看起來像磚頭一樣的東西是從哪裡拿出來的，住手喔，妳想用磚頭的邊角做什麼！」

面對不斷逼近的達克妮絲而感到害怕的賽蕾娜。

就在這個時候。

原本默默看著兩人的傑斯塔，突然放聲怪叫。

「天啟降臨啦啊啊啊啊啊啊──！」

「「「！」」」

傑斯塔突如其來的叫聲讓在場的所有人都嚇了一跳。

傑斯塔的狀況就是這麼奇怪。

該怎麼說呢，他就像是得到了什麼非比尋常的靈感似的，瞪大了眼睛不停顫抖。

……不知道他說的天啟是什麼，我的心裡只有不祥的預感就是了……

「我察覺到一件非常不得了的事情。這肯定是來自阿克婭女神的天啟無誤……」

「傑斯塔大人，你怎麼了？」

「傑斯塔大人，到底是怎麼回事！」

在阿克西斯教徒的吵鬧聲當中，傑斯塔目不轉睛地注視著賽蕾娜。

「這位蕾吉娜教徒小姐。對妳有所危害的話，妳所受到的危害就會原封不動地回到加害者身上……是這樣沒錯對吧？」

「咦……是、是啊……是這樣……沒錯……」

對於直視著自己的傑斯塔感到害怕的賽蕾娜提心吊膽地輕聲回答。

「順便再問妳一件事情。妳還是處女嗎？」

「也問得太直接了吧！……再怎麼說我也是侍奉神明之身。這樣講你應該知道了吧。」

賽蕾娜略顯羞赧地這麼回答，而傑斯塔聽了之後抱住自己的頭，雙膝跪地。

「啊啊啊啊，竟有此事！換句話說，身為男人的我！在奪去這個蕾吉娜教徒的純潔之時……！到時候，我將能夠以男子之身體驗到破身之痛！這可以算是足以匹敵處女懷胎的神蹟了吧……！」

「我聽不懂你在說什麼！完全聽不懂！也不想懂！」

我也聽不懂這個大叔在說什麼。

「傑斯塔大人，讓、讓給我吧！還請你將這個機會讓給我！我想真正體會女孩子的心情！」

「太奸詐了，太奸詐了！傑斯塔大人總是占盡這種好處，太奸詐了！」

「喂，我也要我也要！這種難得又貴重的體驗一輩子都難以經歷吧！」

在傑斯塔的發言觸發之下，以哥德蘿莉少年為首，其他信徒們也都蜂擁而至。

「噫——！住手！別……！我、我會……我會被侵犯——！和真、和真——！是我不對！我全部都告訴你就是了阻止他們！快阻止他們——！」

7

「『Powered』！『Protection』！『Blessing』！……那名蕾吉娜教徒的純潔由我收下了！要是有誰自認能夠贏過現在的我，歡迎從任何方向攻過來！」

「太骯髒了！傑斯塔大人，在這種時候借用阿克婭女神的力量使用支援魔法太骯髒了

吧！」

「卑鄙小人！卑鄙小人！假借大祭司的立場濫用職權！」

沒有理會那些為了爭奪賽蕾娜而展開幼稚的打架的阿克西斯教徒，我在害怕的賽蕾娜面前蹲了下來。

「喂，賽蕾娜。我只想得到一個方法，可以讓他們放過妳。妳乖乖把魔王的情報告訴我。這樣一來，我就幫妳一把，讓妳可以獲救。」

「真真真、真的嗎！你真的願意救我，讓我不被那些宗教狂侵犯嗎？我相信你喔？我真的相信你喔！」

大概是真的害怕到不行了吧，被綁著的賽蕾娜仰望著我的眼神充滿期盼。

我默默點頭以對後，賽蕾娜便緩緩開了口。

「魔王那個傢伙……論戰鬥力的話，上了年紀的他並不算太強……可是，他們一族所擁有的特殊能力十分強大。要說那個傢伙是靠那種能力才當上魔王的也不為過。」

「……特殊能力？」

聽我反問，賽蕾娜點了點頭。

「沒錯，特殊能力。如同像你這樣有著奇怪名字的那些傢伙，魔王那個傢伙也擁有強大的能力。該怎麼說呢……只要是怪物或魔族，光是待在魔王身邊，即使是孱弱的哥布林也會變強到足以和一群中堅冒險者互相抗衡的程度。」

「那是哪門子外掛啊！」

就連哥布林也可以強化到那種地步的話，如果是魔王的親信之類的那些傢伙到底會變成多厲害的強敵啊。

「而且除了那種能力以外，魔王還能夠對部下賦予所謂的庇佑。你們對付過的那個無頭騎士貝爾迪亞，他對神聖魔法具備高強的抵抗力對吧？」

……該怎麼說呢，可以強化能力，連弱點都可以消除是怎樣，這是哪門子的爛遊戲啊。

或許是猜到我這種想法了吧，賽蕾娜帶著苦笑對我說。

「……你還是別想要打倒魔王比較好。想打倒那個傢伙的話，最好是考慮趁部下不在的時候暗殺他比較好……即使如此，那種特殊能力也已經大部分都過繼給他的女兒了。是由他的女兒率領大部分的魔王軍攻打王都也是基於這個理由。以現在的魔王而言，即使率領大軍也無法以特殊能力加持所有人……不過，如果是待在同一個房間裡的怪物大概還可以強化吧。換句話說，只要那個傢伙還活得好好的，魔王的親衛隊每一個都會擁有幹部級的力量，你最好要有這種打算。」

這下沒轍了。

我本來還想說可以輕鬆解決的話就打倒魔王的，看來還是放棄比較好。

既然如此，在回收阿克婭之後，我就得說服幹勁十足的惠惠還有其他人，然後直接用我和芸芸的瞬間移動魔法離開。

說服阿克婭的時候，就告訴她魔王已經相當老了，不如遊手好閒到對方撒手歸西，感覺提出這種作戰計畫應該能讓她同意。

……嗯，這應該是最現實的方法了吧。

就是這樣，就這麼辦吧。

只要說明過剛才那些，大家應該都接受吧。

「喂，這樣就可以了吧？除此之外，關於魔王的事情我已經幾乎一無所知了。剩下的都是一些無關緊要的事情，比方說他是上了年紀才有了那個女兒所以非常疼愛她，還有他其實在人才管理方面吃了不少苦頭之類的。」

「啊啊沒關係，已經夠了。而且他們那邊好像也差不多快要打完了。」

我一邊對賽蕾娜這麼說，一邊看向傑斯塔。

「哈、哈、哈！偉大的阿克婭女神，您看見我的活躍表現了嗎！現在，我就要收拾那些邪惡的叛教徒！」

「這個大叔竟然把自己麾下的信徒當成叛教徒了！」

「不過只是比較會用魔法一點就跩成這樣！我們也有阿克婭女神的庇佑！幹掉他！幹掉他！」

憑著一己之力將其他人壓著打的傑斯塔毫不留情地以赤手空拳打趴其他信徒。

雖然人格扭曲到不行但好歹也是最高負責人，那個大叔在有支援魔法的狀態下，搞不好可以空手和食人魔打成不相上下吧。

不一會兒，傑斯塔一副流了點汗很舒爽的樣子，一邊用毛巾擦臉一邊走了過來。

「如何，事情已經辦完了嗎？差不多是時候該把那個叛教徒交給我了吧。」

「噫！」

傑斯塔的發言讓賽蕾娜忍不住顫抖，接著女信徒們也站到賽蕾娜身旁杵著不動。

比起傑斯塔，女信徒們的眼神可怕多了。

應該說那是充滿殺氣，隨時都想動手的眼神。

「和真……和和和、和真……！」

賽蕾娜以求救的眼神仰望著我，大概是在期待我剛才說的那個可以救她一命的方法吧。

於是為了回應賽蕾娜的期待，我遞出一張紙。

那就是放在阿克西斯教徒的馬車上的入教申請書。

換句話說……

「汝，想不想悔改自己的行為，完全捨棄時至今日的信仰，崇拜，尊敬，信奉阿克婭女神，成為虔誠的阿克西斯教徒啊？」

聽我這麼說，賽蕾娜露出快要哭出來的表情喃喃問道。

「你、你認真的嗎……？」

「——夠了喔，基層人員！妳還要哭哭啼啼到什麼時候，快點走了！」

「是、是的！不好意思前輩！」

「喂，前輩這兩個字聽起來很不錯呢……！也叫我前輩吧！」

「噫——！……有、有什麼吩咐呢，前、前輩……！」

「喂，妳這個基層人員，不要以為有男人理妳就可以得意忘形了。總之，妳先去幫在場的所有人買尼祿依德回來再說。我要夏季限定的地獄極樂甜辣尼祿依德。」

「前、前輩……都已經快要冬天了……」

「妳說什麼？」

「什麼都沒說！我、我去買！我去繞遍各個城鎮買回來就是了！」

我看著露出笑中帶淚的笑容，嘴角忍不住抽動的賽蕾娜。

「完美解決了。」

「哪裡完美了！」

不經意地隨口說說的我被賽蕾娜吼了一聲。

賽蕾娜接下來似乎要被帶到阿爾坎雷堤亞的教堂去，被迫為自己時至今日的所作所為懺悔，並且接受相應的懲罰。

同時，好像還會將過去的罪行換算成年月，今後要以阿克西斯教團的基層人員的身分做牛做馬到期滿為止。

我只好祈禱賽蕾娜過去沒有殺過我以外的人了。

好不容易把事情談妥之後，我正想著差不多該出發去追阿克婭的時候……

「好了，和真先生。那麼我們差不多該出發了。」

像這樣通知我要出發的那個人是——

「——達克妮絲，請妳再靠過去一點。妳身上到處都有突出來的地方，很占空間。就不能再把各方面縮小一點嗎？」

「我、我成長到這種地步也不是我自己願意的……應該說，是惠惠在各方面都太小巧……好痛！啊、啊、惠惠，就說不要拉我的頭髮……！」

正當兩人在狹窄的馬車裡面亂動的時候。

「哈、哈、哈！好說好說，貧乳與肉感皆平等，各有各的需求。吵架不好，不可以吵架。無論如何都想要做個了斷的話，由我來決定孰優孰劣也可以喔。如果兩位願意的話，就把衣服拉開來給我看吧。」

為了駕馭受到阿克西斯教徒的不良影響的馬匹而自願擔任車夫的傑斯塔對她們這麼說。

「喂，大叔，不要性騷擾我的同伴。那是專屬於我的特權。小心我在馬車狂奔的時候把你推下去喔。」

「再繼續滿嘴蠢話的話，我就把你們兩個都從車夫座上推下去……吶，惠惠，帶這個男人一起去真的沒問題嗎？要駕馭這些馬，也不是非這個男人不可吧？要不要換成其他阿克西斯教徒啊？」

達克妮絲帶著不安的神情，看著坐在車夫台上的傑斯塔。

「妳在說什麼啊？別看我這樣，在阿克西斯教徒當中我可是首屈一指的強者。路上由我來保障各位的安全。我會將各位順利送到阿克婭女神身邊去的。」

在首屈一指這四個字讓惠惠露出厭惡表情的同時，緊緊握著韁繩的傑斯塔笑容可掬地對我們這麼說。

順道一提，這輛馬車的客車只能坐兩個人。

我原本試著耍賴說也想坐客車結果被駁回，只能和傑斯塔兩個人擠狹窄的車夫座。

「啊啊，我感覺到年輕男人的溫暖。真是最棒的獎賞了！感謝阿克婭女神！」

「拜託你閉嘴。吶，惠惠、達克妮絲，妳們真的不肯和我換位子嗎？」

「我、我不要，總覺得會被性騷擾。」

「我、我也一樣。被和真性騷擾我已經很習慣了，但是被那個男人性騷擾就有點……」

我的請求也被兩人斷然拒絕了。

「那麼可以了吧。要出發了喔？……教團的各位啊，剩下的事情交給你們了！」

「遵命。我們會誠心祈禱，願傑斯塔大人能夠代替我們順利成為阿克婭女神的助力。」

聽見傑斯塔的出發號令，女信徒微笑以對。

「再見了，賽蕾娜。我想妳還是早點變成阿克西斯教徒會比較輕鬆喔。」

「吵死了，快消失吧你這個瘟神！」

聽著賽蕾娜的哭腔從背後傳來，傑斯塔駕馭的馬車朝著魔王城奔馳而去——！

幕間

廢柴女神劇場④

「真是嚇了我一跳呢，阿克婭大人。沒想到我們居然搭同一班車……！」

那一大群遠渡梭子蟹和食人魔都被魔劍哥他們幹掉了。

大家或許搞不懂我在說什麼，其實事出突然我也搞不太懂。

「好久不見了，魔劍哥。應該說，沒想到會在這種地方遇見你——」

「芸芸小姐！芸芸小姐！謝謝妳救了我芸芸小姐！現在機會難得喔，大姊姊用擁抱來感謝妳！」

「平常的賽西莉小姐就是這樣了吧！」

我和魔劍哥重逢時，賽西莉也在一旁緊緊抱住芸芸。

「阿克婭大人陷入危機的時候我居然剛好在同一班車上，這一定是所謂的命中注定，是奇蹟——」

「芸芸小姐，我們來吃遠渡梭子蟹吧。託阿克婭大人的福，螃蟹的收穫相當豐盛，今晚大家一起來場螃蟹派對吧。」

「不可以啦，賽西莉小姐，御劍先生要說的話很嚴肅……！……派對……和大家一起開

螃蟹派對啊……大家一起……」

芸芸開始忍不住唸著「大家一起」「大家一起」，讓魔劍哥有點倒彈。

「不、不是，在這種地方辦不了派對吧？而且我們打倒了食人魔。食人魔的同伴意識很強。知道同伴被打倒了一定會過來調查這一帶。再說，我們是來協助踏上討伐魔王之旅的阿克婭大人的。我們應該就這樣和阿克婭大人一起行動，盡快前往魔王城……」

「說、說得也是！螃蟹派對……現在並不是搞這個的時候……」

聽魔劍哥那麼說，芸芸儘管嘴上如此表示，卻還是雙肩一垮，沮喪了起來。

「怎麼可以不開螃蟹趴呢！阿克婭大人想吃螃蟹喔。就算是型男我也不能接受。」

「妳是……我記得，是過去曾經在阿爾坎雷堤亞的教堂見過的賽西莉小姐，對吧？」

賽西莉和魔劍哥好像認識。

「哎呀，我們之前在哪裡見過嗎？……對了，是在阿爾坎雷堤亞的教堂說想要祭司，藉此搭訕我的魔劍哥！」

「我才沒有搭訕妳！而且，我只是想找阿克西斯教的祭司，完全沒說是要找妳……！」

魔劍哥說到這裡，像是赫然驚覺了什麼。

「阿克婭大人，剛才一陣忙亂當中疏忽了，請容我正式稟報……我們是為了協助您的討伐魔王行動，才像這樣追隨您的步伐。過去，我曾經請紅魔族首屈一指的占卜師為我占卜未來，當時她是這麼說的——『今後你將遇見阿克西斯教的祭司，她終將成為足以左右這個世界的命運的重要存在』。還說『無論發生任何事情，你都要保護那個人』……換句話說，那就是……！」

「阿克婭大人，我被年紀比我小的型男求婚了！」

「我指的並不是賽西莉小姐！啊、等等、阿克婭大人！我現在要說的話很重要……」

魔劍哥和賽西莉好像很忙，所以我決定開始吃螃蟹——

——開完螃蟹派對過了一夜之後。

「阿克婭大人，阿克婭大人。不肖賽西莉有件事情想對您懺悔。」

在前往阿爾坎雷堤亞的馬車上，賽西莉一臉認真地對我說。

「賽西莉真是的，怎麼突然這麼說啊？我不知道妳做了什麼，不過妳的罪我大致上都可以赦免喔。不然我也可以陪妳一起去道歉喔。」

「真的嗎，阿克婭大人？其實我闖了不少禍……！……不對，不是這樣。」

賽西莉露出一種依依不捨又心有不甘的表情。

「阿克婭大人，我賽西莉，原本是打算千方百計拖延行程直到惠惠小姐她們能來會合，不過看來到此為止了。為了讓阿克婭大人分心我還帶了許多遊戲類的東西來，但是大概過不了一個小時就會抵達阿爾坎雷堤亞了吧。」

「雖然有點好奇讓妳這麼做的原因是什麼，不過賽西莉會這麼做一定是覺得這樣比較好吧。幽靈少女也好妳也好，為什麼大家都想拖住我啊……好吧，我赦免妳就是了。」

賽西莉聽我這麼說，露出笑容。

「這支小隊或許能夠討伐魔王也說不定。不過站在我的立場還是……」

然後這麼說到一半就打住了。

「不行，再說下去只是自討沒趣。我這個低等級的祭司在往後的路程當中只會絆手絆腳。抵達阿爾坎雷堤亞之後，還請您先繞到阿克西斯教團去。到時候就像這樣拜託傑斯塔大人和各位……」

賽西莉貼過來耳語了一番。

「那麼，不肖賽西莉願為各位的平安與勝利祈禱！這是以我一個不成氣候的祭司能夠獻給各位的，聊表心意的餞別……願阿克婭女神保佑各位！『Blessing』！」

然後對我們詠唱祝福魔法，並且露出滿面的笑容。

為旅程畫下休止符！

1

和賽蕾娜分開之後，我們搭著傑斯塔駕馭的馬車，在狹窄的街道上奔馳。

目前為止都很順利。

平常總是會搞出什麼問題來的某人不在，一切都很順利，但是……

「吶，大叔。你願意當我們的車夫是沒關係，但是你一直氣喘吁吁地讓我非常在意。」

旁邊這個人從剛才開始就一直喘氣到讓我很在意。

「別放在心上。這只是單純的生理現象。」

「最好是啦！你還真的對誰都可以興奮喔！……喂，等一下，那是什麼？」

正當我想著到底該拿這個大叔怎麼辦，對傑斯塔退避三舍的時候，我發現馬車前方有黑色的影子。

我用千里眼技能看了看還有一段距離的黑影……

「……呃，是蠍尾獅。喂，大叔，咱們繞路吧。來這裡的路上有一條岔路對吧，我們從那條路繞過去吧。」

站在前方的是過去曾經對我造成大面積心理陰影的蠍尾獅。

是會試圖用尾巴尾端的毒針刺人屁屁的強敵。

可以說是我的天敵的對手，正從遠方盯著這邊看。

照這樣看來，事到如今想逃也已經太遲了嗎……？

「不，就這樣直線衝過去吧。」

正當我想著該怎麼甩開牠的時候，傑斯塔不以為意地這麼說。

「你是認真的嗎？那個傢伙強到不行喔。雖然我不知道大叔有多強……」

我語帶不安地如此表示，然而傑斯塔不但沒有放慢速度，反而還加快速度，急速接近蠍尾獅。

「現在正是展現阿克西斯教徒的力量的時候。放心，蠍尾獅那種東西，瞪牠一眼就解決了。」

傑斯塔顯得異常強勢……

「咦咦……？可是，你知道蠍尾獅最危險的一點是什麼嗎？那個傢伙會想用那條尾巴戳你喔。我也差點就因為這樣而轉大人了呢。」

面對我的警告，他不知為何像孩童一樣，眼睛閃閃發亮。

「如我所願！」

「你剛才說了什麼？除了達克妮絲以外我們不需要更多變態了。」

「等、等一下，和真，你這樣說讓我有點心靈受創……」

或許是有變態名額的自覺吧，達克妮絲看著傑斯塔這麼說，表情顯得格外複雜。

「沒問題啦，和真。姑且不論為人，這個人身為大祭司的功力倒是無庸置疑。這個我敢掛保證。」

「……真的嗎？好吧，既然妳都那麼說了，我交給他處理就是了……」

不久之後，我們接近到不需要使用技能也能夠目視蠍尾獅的表情的距離，傑斯塔和蠍尾獅的視線瞬間交會。

「…………咕嘟。」

「！」

看見在視線交會的瞬間吞了一口口水的傑斯塔，蠍尾獅的表情頓時變得極為扭曲，立刻起飛。

「啊啊！被牠逃走了！」

「這是怎麼回事啊！為什麼蠍尾獅會逃走啊！」

傑斯塔一臉悲傷地目送著飛走的蠍尾獅，同時表示：

「在阿克西斯教，只要對象不是惡魔或不死怪物，無論愛誰都可以獲得赦免。我是阿克西斯教團的最高負責人，更是傳遞愛的傳教士。即使對方是魔獸，我也會一視同仁地分享我的愛……但是最近，不知為何，光是和我四目對望大家都會全部逃走……」

「你總是嚇跑魔獸是吧！你們到底有多受到討厭啊！應該說大叔，你還真的對任何生物都可以興奮喔！」

魔王也會對阿克西斯教徒退避三舍。

之前曾經聽過的這句話，我現在再次親身體會到了。

正當我像這樣倒彈不已的時候，完全無關的對話從後面傳來。

「達克妮絲，妳看那裡，遠渡梭子蟹正在進行求愛行動呢。聽說用蟹螯夾住對方是一種表現愛意的方式呢。」

「這、這樣啊。話說回來，惠惠為什麼要突然開始聊這個……」

我轉過頭去，看見惠惠望著窗外出了神。

「喂，不要以為妳可以用那種話題蒙混過去！妳不是保證這個大叔沒問題嗎！現在就給我去阿爾坎雷提亞換別的傢伙過來！」

「我保證的是他身為大祭司的功力，並沒有保證他的為人！如果可以更換的話我也很想換啊！」

「妳們兩位如果想繼續這樣貶損我的話，我也有我的打算。用我的嘴巴堵住年輕男女的嘴巴，對我而言不費吹灰之力。」

聽到傑斯塔的威脅，我們立刻閉嘴。

而傑斯塔沒有多加理會這樣的我們，雙肩一垮，沮喪地說了。

「身為一名阿克西斯教徒，我忍不住如此冀望……但願有一天世界和平真正來臨時……就連種族與男女之間的隔閡都能夠消失……」

「不要以為給個聽起來很美好的結論就沒事了，你說的話我一點也無法贊同！」

阿克西斯教徒怎麼各個都是這樣啊！

追上這些傢伙的老大之後，我一定要好好抱怨個夠──！

2

離開阿爾坎雷堤亞之後，已經過了好一陣子了……

「不愧是阿克婭大人，支援魔法太完美了。非常感謝您。」

接受我的支援魔法之後，魔劍哥三兩下就砍倒蠍尾獅，向我道謝。

我的確是支援了他沒錯，但我覺得幾乎都是這個人的魔劍搞定的。

連蠍尾獅這種上位怪物都能打倒是很厲害沒錯。

如果是和真先生的話，一定就連對付食人魔也會大呼小叫地四處逃竄，一邊用些小伎倆充場面，一邊哭著求我救他吧。

「不客氣。有沒有哪個孩子受傷啊？」

我姑且如此確認，同時看向大家，當然，並沒有任何傷患。

戰鬥每次都瞬間結束，連受傷的機會都沒有……

「沒事的，阿克婭大人，大概是多虧了您的庇祐吧，這次也沒有任何人受傷。感謝您的關心。」

魔劍哥開心地這麼說，露出陽光般的笑容。

真是個型男呢。

和那個總是打滾到中午以後，所以後腦杓的頭髮總是壓得雜亂不堪，從眼神都看得出精神有多扭曲的某人真是截然不同。

「響夜，辛苦你了～有大祭司和大法師在，真的輕鬆多了！」

「嗯、嗯。也因為這樣，我們都無用武之地了。」

拿長槍的女孩和盜賊女孩紛紛稱讚魔劍哥。

魔劍哥像是要回敬她們的讚美似的，輕輕拍了拍她們的頭，她們兩個就臉紅了。

之前和真先生曾經毫無脈絡地摸摸達克妮絲的頭，對她微笑。

然後達克妮絲就罵他說把人家精心整理好的髮型弄亂還賊笑個什麼勁，害得和真先生心情低落地說事情不應該是這樣。

真想告訴這樣的和真先生，這裡有個專業的摸頭高手。

光是摸摸頭就可以讓女生臉紅，是專屬於型男的特殊技能。

「這個編制即使要對付魔王也沒什麼好怕的。阿克婭大人，我們走吧！我們去為這個世界找回和平！」

「啊，好。」

魔劍哥對我露出陽光般的笑容，害我不禁順著他的意思隨口回應，這時對著什麼都沒有的空間不斷唸唸有詞的芸芸來到我身邊。

「請聽我說阿克婭小姐！維茲小姐從阿克塞爾聯絡我，說和真先生出發來追我們了！」

「是喔。」

看來芸芸一直唸唸有詞並不是在和腦內朋友對話，這樣我就放心了。

話說回來，和真還是老樣子呢。

虧我還留了封那麼像樣的信以免他擔心，結果還是追來了是怎樣啊，和真真是的。

我知道他很依賴我這個年紀比較大的大姊姊，但是他也差不多該自立自強了吧。

「阿克婭小姐，妳看起來好像很開心呢。」

「也沒那麼開心吧。然後呢？追來的只有和真嗎？」

「不，達克妮絲小姐和惠惠好像也一起來了。對了，我離開城鎮的時候，其他冒險者也都很擔心妳喔。大家都說等一見到阿克婭小姐，要一起訓話到妳哭出來。尤其惠惠更是火冒三丈。」

「……這樣啊。」

惠惠火冒三丈讓我有點介意。

我很希望她生氣是因為她是最為同伴著想的一個，不過這很難說。

我之前曾經捉弄過惠惠，告訴她在我洗好澡之後去泡我泡過的洗澡水，就可以得到水之女神的庇佑變成和我一樣的身材，結果她就泡到熱昏頭了。

說不定她還為了那件事情懷恨在心呢。

如果把我在旅途中找到的奇形石送給她然後哭著道歉，不知道她會不會原諒我？

棲息的怪物好像越來越強了，出外旅行只有在抵達城鎮或村落的時候才可以洗澡，晚上又會被不死怪物包圍，老實說我有點想回家。

應該說，我已經開始後悔出來旅行了。

為了在賽西莉面前虛榮一下我才一路來到這裡，應該是時候可以回家了吧。

「是說，虛弱的和真先生會不會在追趕我的旅途之中被野生的蟾蜍或是什麼的吃掉啊，我好擔心喔。動不動就死掉的和真先生原本就已經讓人家很想問他的興趣是不是用自己玩地底探險真人版了了，在變成等級一的狀態下，又帶著那兩個人，我不覺得他能夠平安追上我們耶。」

所以，現在還是先回頭一趟……

「沒問題的！因為，聽說和真先生被維茲小姐和巴尼爾先生帶去地城練等了！好像還學會各式各樣的技能，覺醒了呢！……話說回來，地底探險真人版是什麼意思啊？」

……………

「吶，那是怎麼回事我沒聽說喔！和真覺不覺醒的又是怎樣，妳在說什麼啊！學會各式各樣的技能又是怎麼一回事！我有一種不祥的預感，感覺我的工作可能會被搶走！和真和覺醒之類的那種帥氣的事件才搭不起來呢！無論過了多久都會在面對低級小怪時陷入苦戰，同時卻能在面對強敵時用奸險狡猾的手段取勝，這樣才是和真！吶，為什麼會在我不在的時候發生那種聽起來很好玩的事情啊！」

我不斷逼問芸芸，同時抓著她的肩膀用力搖晃，於是腦袋跟著晃來晃去的芸芸表示：

「妳、妳、妳問我！我、我、我也不知道啊！阿克婭小姐，請不要再搖晃我了，我在和真先生去修練之前就已經來追阿克婭小姐了，所以詳細情況我也不知道！透過魔法進行遠距離通訊有各式各樣的限制……！我只知道阿克塞爾的冒險者好像全體總動員，一一鍛鍊和真先生、傳授他技能……所以說，地底探險到底是……」

我放開抓住芸芸雙肩的手，就這麼陷入沉思。

那個雜碎到不行的和真先生會覺醒？

看芸芸在說到覺醒這兩個字的時候眼睛閃閃發亮的模樣，我真正體會到這個孩子果然還是和惠惠同樣種族的人呢。

正當我雙手抱胸開始煩惱時，也不知道到底是什麼地方讓她那麼在意，芸芸喃喃唸著「地底探險……」，看起來很失落的樣子。

……應該說，在我認真地踏上討伐魔王之旅的這段期間內，鎮上的大家居然搞了那麼好玩的活動？

這下要怎麼叫他們負責呢，我有一種嚴重遭到排擠的感覺。

我煩惱了好一陣子之後……

決定放棄討伐魔王了。

「我們回家吧。」

「您怎麼突然這麼說呢阿克婭大人！阿克婭大人之前不是說過，現在正是大好機會嗎！您說魔王軍去襲擊王都和城鎮，城堡的守備變弱的現在是最好的時機！沒問題的，請您相信我，我一定會在您的面前打倒魔王的！應該說，您就那麼擔心那個男人嗎！」

魔劍哥突然靠過來。

突然這樣被人逼近，再怎麼說都讓我有點害怕。

心驚膽顫的我，不斷逼近的魔劍哥，這時芸芸若無其事地站到我們兩個中間。

「請你冷靜一點，御劍先生，那個，我們等和真先生他們追上之後再去魔王城也可以吧？就攻城方面而言戰力也會比較充足，我想這樣阿克婭小姐應該也比較放心吧。」

不愧是紅魔族，真聰明，太聰明了。

我從芸芸背後探出頭來用力點頭，表示認同這是個好主意，魔劍哥便對這樣的我露出略顯失落的表情。

魔劍哥直接轉身過去背對我們。

「……我們繼續趕路吧。阿克婭大人，您擔心那個男人的心情我明白，但這件事情攸關世界的命運。請您回想一下這趟旅行的目的。您是想要趁著魔王城唱空城計的這個好機會，為了拯救全世界的弱者，為了結束對抗人類與魔王的戰鬥而奮起的不是嗎？……沒問題的。我會一直跟在您身邊……」

並且說出這種像漫畫主角般的台詞。

怎麼辦，總覺得我們之間的溫差非常大。

我什麼時候變成是為了拯救全世界的弱者而奮起的了啊。

身為阿克西斯教徒的賽西莉好像是說過類似這樣的話沒錯，但我一點都不記得自己真的是因為那樣的理由而踏上旅程的啊……

聽見他這番話，那兩個女跟班對我露出心情複雜的表情。

魔劍哥大概是以前流行過的鈍感系吧。

看他對那兩個女生摸頭的動作那麼自然，魔劍哥是那種會毫無意識地拐騙女生的人。

這麼說來，在這趟旅行當中，魔劍哥也笑著對芸芸說過直接叫他響夜就可以了之類的話，很努力想要拉芸芸加入後宮。

可是芸芸本人在魔劍哥對她說話的時候每次都會嚇到，堅持繼續叫御劍先生，看來不太可能成為後宮的一員。

魔劍哥依然背對著我們。

「無論發生任何事情我都會保護您。我願成為阿克婭大人最可靠的鎧甲。願成為您最強的劍，斬斷擋住去路的人。所以我懇請您，別想那個男人了，多依賴我一點好嗎……？」

又說出這種主角才會說的台詞。

看他自己一頭熱的樣子，這件事我不打算說出口。

可是有個地方我想請他訂正。

——最可靠的鎧甲是達克妮絲。

——之後，又過了幾天。

「阿克婭小姐，妳好像沒什麼精神呢？自從離開阿爾坎雷堤亞，我總覺得，就是……」

我在搖晃的馬車上發呆的時候，芸芸對我這麼說。

順道一提這輛馬車好像是魔劍哥自己的。

有外掛的人果然很有錢。

「我不會沒有精神啊？該怎麼說呢，路上好順利喔。以前跟和真他們一起旅行的時候，還要更高潮迭起一點，旅途當中每天都面臨千鈞一髮的危機。我當然不是覺得那樣比較好，可是，該怎麼說呢，就是……」

……好無聊。

沒錯，我總覺得這樣很無聊。

達克妮絲衝進一大群怪物裡面被圍毆，然後和真欲哭無淚地跑去救她，惠惠用爆裂魔法轟殺那些怪物，高貴的我使用恢復魔法優雅地治癒受傷的大家，事情就此落幕，平常的流程應該是這樣才對。

當然，旅行還是順利一點才比較輕鬆比較好。

即使遇見怪物，也會在出現的瞬間被魔劍哥打倒一大半，至於剩下的也會被芸芸的魔法清空。

魔劍哥的兩名隊友也都沒有出場的機會，好像很無聊的樣子。

但我總不能說出旅行太順利很無聊這種話，只好默不吭聲；這時芸芸對這樣的我說。

「啊，這麼說來，之前路過阿爾坎雷堤亞的時候，妳做了什麼啊？賽西莉小姐好像對妳說了些什麼，所以妳跑去阿克西斯教團了對吧？」

「啊啊，那個啊？那個是這樣啦——！」

——之後的旅途依然順利。

前往魔王城的路上，我們造訪了幾個具備對抗魔王軍，有前線基地功能的小村莊，不斷

推進我們的旅程。

如此這般，我們已經相當接近魔王城，目前正在半堡壘化的村莊裡的酒吧中休息……

「吶，還沒來耶。距離我啟程都已經過了好幾天了，和真還沒有追上我耶。」

「這、這個嘛……一定是我們前進得太順利了，他們才會遲遲無法追上吧……御劍先生，我看還是稍微等他們一下吧……」

「……不可以。當我們像這樣在休息的時候，魔王軍的侵略計畫仍在逐步進展。應該說，現在差不多已經是阿克塞爾遭受襲擊也不奇怪的時候了吧。如此一來也會對鎮上的居民造成嚴重的損害。為了避免今後再有這樣的犧牲，我們也得盡快打倒魔王才行……而且，那個傢伙是一度放棄前來追尋阿克婭大人的廢人。還說魔王就交給我們了……！」

魔劍哥一邊這麼說，一邊緊握拳頭。

該怎麼說呢，溫差大成這樣我真的不知道該做何反應。

這個人也太自以為是奇幻世界的主角了吧。

應該說，魔劍哥就那麼討厭和真嗎？

的確，他個性扭曲又不工作在鎮上也是惡名昭彰，面對女性也會毫不客氣地動手，被打了也會打回去，明明好色卻沒膽下手，明明很弱有時卻又很強勢，一下子對特權階級阿諛諂媚，一下子又不以為意地動用特權階級的關係……

「……吶，芸芸，這下傷腦筋了！我原本想幫和真說話的，結果想得到的都只有不好的地方，連我自己都嚇了一跳！」

「阿、阿克婭小姐，這種事情不可以說出來喔，要是和真先生聽到了會哭出來喔！」

聽見我這麼說，魔劍哥一邊苦笑一邊站起來。

「請阿克婭大人好好休息。我接下來要去向村民們打聽情報，詢問通往魔王城的道路的詳細狀況。」

說完，魔劍哥便離開了酒吧。

原本和我們同桌的兩個女生也追著魔劍哥離開了。

…………

「……雖然有很多不好的地方，但是也有一點點好的地方喔。像是大家丟任何不可能的任務給他或是惹出什麼麻煩，最後他都會一邊說『真拿妳們沒辦法』一邊為我們設法解決。最後能夠依賴的，說來說去還是和真。」

「那、那種事情應該更早一點說吧。」

芸芸在我身旁對我這麼說。

……好無聊。

旅程太順利，沒碰上任何困難，也沒有什麼值得一提的麻煩。

在路上的各個村莊是發生過一些小插曲，但是都微不足道。

沒錯。

就像現在，我把裝了水的杯子頂在頭上，準備發動宴會才藝，但即使如此……

「阿、阿克婭小姐，大家都在看妳喔！女生不可以把自己弄成那種傻樣子！」

就像這樣，會出聲吐嘈的也只有芸芸一個。

之前，我在魔劍哥的面前做出這種事情的時候，他也只是笑瞇瞇地望著我，一句話都沒有說。

不知身在何方的某個沒耐性的傢伙，每次在我有什麼驚人之舉的時候，都會吐嘈得非常精準確實的說。

聚集了整個酒吧的視線於一身的我，以拇指將一顆小小的種子彈進頭上的水杯裡——

——在我離開酒吧後，芸芸也連忙從後面追上來。

「阿、阿克婭小姐，這麼大量的賞錢要怎麼處理啊……！應該說，這樣好嗎？把現場的氣氛炒得那麼熱鬧，卻那樣丟著不管……」

「沒關係啦。應該說，我不要那些賞錢。我並不是藝人，所以不能收下那些。這裡有沒有阿克西斯教會啊。把賞錢捐到那裡去好了……」

正當我四處張望的時候，發現有一群人聚集在附近。

看來，村民們好像聚集在蓄水池周圍的樣子。

「那邊是怎麼了？氣氛感覺好像不太好的樣子。」

「我們過去看一下好了。如果是有水的問題的話應該就輪到我出場了吧。」

說著，我正要接近，結果芸芸連忙阻止我。

「請、請等一下，那個，我先過去問一下是什麼事好了！因為，阿克婭小姐每次都會被捲進某種麻煩當中，這次一定也是……！」

芸芸真是愛操心。

可是，不知為何芸芸這樣的身影，讓我覺得好像看到和真在說「拜託妳別多管閒事」而連忙阻止我的模樣。

見芸芸這麼慌張，不知為何讓我湧現了些許幹勁。

「妳以為我是誰啊？芸芸，沒問題的。有水的問題就找阿克西斯教！而我是阿克西斯教的祭司，有我出馬，這個問題就形同已經解決了吧！」

「阿克婭小姐，我已經滿心只有不祥的預感了！啊啊，請等一下！」

我意氣風發地走向人群那邊，對在場的人們說了：

「你們是不是在為水的問題而煩惱啊？我是碰巧路過的阿克西斯教大祭司。說到水就會

想到阿克西斯教！阿克西斯教，請大家多多關照！」

「阿、阿克西斯教！」

「唔、喂，是那個阿克西斯教徒耶，不要和她扯上關係比較好吧……」

聽見我的發言，周圍的人們都以敬畏的眼神看向我。

可是在敬畏的視線當中也夾雜著害怕的視線，不知道是為什麼。

不久後，聚集在現場的人們互相以手肘頂來頂去，終於有個男人來到我的面前。

「那個，其實是村子裡的蓄水池變成這個慘狀了。好像是因為池水受到汙染，殘暴短吻鱷的幼獸開始到處進駐。這種怪物被打倒時會對周圍散布強烈的毒素。所以，我們無法隨便對牠們出手。如果能夠淨化水質的話，討厭清水的這些傢伙應該會自動離開才對……」

「這樣啊。那真是辛苦你們了。那麼，我就此告退……」

「阿克婭小姐，妳想去哪裡啊！妳剛才的氣勢呢！」

正當我準備快步離開時，芸芸連忙抓住我的手臂。

「芸芸，放開我！我對這種鱷魚有不好的記憶！芸芸說得沒錯，我也突然有種不祥的預感，感覺不會碰上什麼好事……！」

「我、我知道了，我知道妳想說什麼了，不要跑得那麼匆忙小心跌……啊！」

「「「啊啊！」」」

芸芸突然放開手，害我順勢一個前滾翻，掉進蓄水池裡。

「阿克婭小姐，對不起！我馬上拉妳上來……等等，啊啊！殘暴短吻鱷突然過來這邊了！請等一下，事態緊急所以我先解決怪物！」

「等、等一下！妳願意幫我們解決怪物我們是很感激，但貴重的水源遭到汙染我們會更傷腦筋！真的會很傷腦筋！」

「沒、沒錯！大家先好好想一下！對了，拿竹竿或是什麼的過來！我們一起把那位小姐拉上來！」

在聚集的人群連忙阻止芸芸的時候，殘暴短吻鱷們朝著泡在水裡的我……

「別商量了，快點行動，看是要把我拉上去還是解決怪物都好！應該說，為什麼鱷魚會聚集到我這邊來啊！」

蓄水池意外地很深，對於胸部以下都泡在水裡的我，鱷魚們直線逼近。

仔細一看，我身邊的汙水逐漸遭到淨化。

這些鱷魚好像討厭清水。

換句話說，牠們好像把具備淨水能力的我當成敵人了……！

面對逐漸逼近的鱷魚，我吶喊著不在現場的那個不可靠的尼特的名字。

「哇啊啊啊啊啊啊——！擅自跑出來是我不對，求求你救救我吧和真先生——！」

3

——太順利了。

真的非常順利，順利到讓我懷疑我們之前為什麼會吃了那麼多苦。

最大的理由是因為有傑斯塔這個驅除怪物的護身符，不過沒有那個麻煩製造機的影響也很大。

路上，每次造訪小村莊時，傑斯塔就會想要和我一起洗澡，或睡同一個房間，對我們三個的性騷擾發言也不絕於耳，不過除此之外沒有什麼太大的問題，旅途進行得非常順利。

路上，我們遇見過鳥身女妖和狼人，甚至是拉彌亞和半人馬。

每次遇見那些怪物的時候傑斯塔就會失去理智地到處追趕牠們，且沒有一次追得上；而就在終於習慣了傑斯塔這樣的怪異舉止，開始覺得或許阿克西斯教徒才是應該消滅的真正敵人時，我們抵達了一個小村莊。

或許是兼具對抗魔王軍的前線基地的功能吧，這個村莊設計得像是堡壘一樣。

居民們各自武裝著自己，最前線特有的緊張氣氛——

「……這個村莊是怎麼回事？總覺得氣氛有點太溫馨了。連一點點緊張感都沒有耶？」

那種緊張的氣氛在這裡完全感覺不到。

「還真不知道是怎麼了。應該更提高警覺一點才對吧。應該說，這麼小的村莊任何時候遭受襲擊都不足為奇吧。」

就在這個時候。

隨著人們一起歡笑的聲音傳來的對話解答了我們的疑問。

「哎呀——那位祭司小姐該怎麼說呢，簡直像是女神呢！」

「就是說啊！沒想到，她竟然會犧牲自己為我們淨化這個村莊唯一的水源……！真是現在罕見的完人啊！」

…………

「不好意思打擾一下，你們剛才說的那些可以說得更詳細一點嗎？」

我佯裝平靜，對正在閒聊的兩人組如此搭話。

兩人以狐疑的視線看著突然搭話的我，但是看見我們看似冒險者的打扮，便露出放心的表情。

「沒有啦，原本這個村落的蓄水池受到汙染，住進了一群殘暴短吻鱷。結果，一位非常美麗的祭司碰巧路過，挺身而出對抗那些凶暴的鱷魚，為我們淨化了水池。」

非常美麗的祭司挺身而出……？

「什麼嘛，不是她啊……」

「對啊。我想不到有哪個祭司那麼了不起。」

「嗯，肯定是別人。錯不了的。」

「你、你們再冒犯吾等的女神，小心我代替女神對你們降下天譴喔？」

聽我們立刻否定，傑斯塔流著汗如此吐嘈。

難得看到這個大叔露出這種表情呢。

這時，另一個男人說了。

「是一位藍色頭髮的阿克西斯教祭司大人。她簡直像是滾進去似的自己跳進水池裡，然後像是尖叫似的不知道在大喊什麼，同時水池便逐漸淨化……」

「是阿克婭吧。她掉進去了吧。」

「是阿克婭呢。」

「嗯，是阿克婭。錯不了的。」

「你們幾位……算了，我什麼都不想說了……」

在露出微妙表情的傑斯塔的注視之下，我問起滾進水池裡的那個笨蛋的行蹤。

「啊啊，那位祭司是吧？那個人啊……我們勸她不要做危險的事情，但是她也不聽忠告，帶著幾個同伴一起往魔王城的方向離開了。才幾個小時前的事情吧。」

「「「幾個小時前……！」」」

追上了！

應該說，才幾個小時前？

只差一點，只差一點點了！

沒有掩飾油然而生的喜悅，我喜出望外地……！

「……怎、怎樣啦，妳們兩個幹嘛笑得那麼賊啊。」

「沒有啊？只是覺得你看起來好像很高興而已。最近這一陣子，和真的吐嘈和毒舌都沒有那麼俐落，這樣一來總算會恢復到往常的狀態了吧，我只是這麼覺得罷了。」

「呵呵，惠惠妳別這樣。這個男人那麼不老實，妳這樣說他又要鬧彆扭了喔。」

我瞬間煩惱了一下要不要當場扒下她們兩個的內褲當成謝禮送給送我們到這裡的傑斯塔，不過現在沒有閒功夫做那種事情了。

「好，惠惠的話在回到阿克塞爾之後我會用『Drain touch』不時碰妳一下，對妳發出大概三天左右的爆裂魔法禁止令。至於達克妮絲，我會定期把妳保養鎧甲用的油換成炸物用的油。好了，那麼，我們趕緊去追人吧！」

「和和和、和真！你是開玩笑的吧？不用突然就恢復成那麼俐落，俐落到令人生厭的程

度也沒關係喔！」

「對、對啊，沒錯！那種玩笑一點也不好笑……和真，你是開玩笑的對吧？快、快說你是開玩笑的，我很珍惜這副鎧甲連名字都取了喔！你、你不會真的那麼做吧？」

4

傑斯塔快馬加鞭，以幾乎能說是狂飆的速度駕駛馬車。

魔王城距離那個村莊好像不到半天就會到了。

我原本還覺得真虧那麼近的村莊沒有被殲滅，不過其中好像有各式各樣的理由。

魔王的部下當中，有些不吃東西，而是靠人類的精氣或情感維生。

那個村莊好像也是那種怪物賴以飽餐之處。

由於牠們吸食精氣的時候也不會吸到取人性命，村民們似乎也默認牠們的這種行為。

那個村莊存在的目的是為了製造和魔王軍聯繫的管道。

出乎意料地，據說魔王軍當中也有人希望能夠對話。

在地球也是，即使是處於戰爭狀態的國家，好像還是會想要建立外交管道，方便在有不時之需的時候能夠對話。

原本以為雙方在進行的是以血洗血的激烈廝殺，為了以防不時之需還是會先準備好這種聯繫。

難道所謂的魔王軍並非只是一群法外之徒嗎？

——後來，也不知道到底奔馳了多久。

正當我思考著魔王軍的事情時，馬車的速度開始慢了下來。

「……怎麼了？」

「傷腦筋，馬匹很害怕。看來魔王城已經在附近了。」

聽傑斯塔這麼說，我看向馬匹，放慢速度停下腳步的那兩匹馬好像在害怕什麼似的，不肯前進。

傷腦筋了，阿克婭他們應該也是坐馬車來的才對，徒步根本不可能追得上……

這時，惠惠用力拉了拉我的袖子，默默指著某個方向。

「……那是他們的馬車嗎？」

不知道是御劍他們放在那裡的，還是別人的所有物，一輛馬匹似乎已經被鬆綁了的馬車被擱置在一旁。

如果這是御劍他們的東西，他們大概是以回程使用芸芸的瞬間移動魔法為前提，先放馬匹逃跑了吧。

「大概已經在這附近了吧。好，我們也徒步追上去。以阿克婭的個性，看見城堡的時候一定會感到害怕，到處找理由拖延一番吧……大叔，你幫了大忙。到這裡就可以了。接下來沒問題了，你先回頭吧。」

「嗯？我也跟你們一起去應該可以幫上很多忙吧？應該說，你們接下來要闖進魔王的根據地，這麼有趣的事情不讓我參一腳我會很失落喔。」

這個嘛，他在很多方面是都很可靠沒錯啦……

「我們在緊要關頭可以用瞬間移動魔法逃跑。瞬間移動魔法一次最多只能傳送四個人。假設我們和芸芸會合了，他們的小隊是五人組。我們這邊有三個人的話，正好可以用兩次瞬間移動魔法逃跑。我和芸芸同時使用就可以立刻離開了……如果大叔願意在緊急時刻被丟下來也無所謂的話……」

「我在阿爾坎雷堤亞等你們的好消息！那麼，我就在這裡先告退了！」

我們一邊因為傑斯塔立刻變卦而苦笑，一邊下了馬車。

揹起放在貨車上的行李之後，我確認所有人都下車了，然後和傑斯塔握手。

「再見了，大叔，性騷擾要適可而止喔。」

「這樣我的存在意義會少掉八成左右好嗎……各位，請稍候。」

傑斯塔在車夫座上對著我們伸出手。

「『Powered』！『Protection』！……然後是，『Blessing』！」

傑斯塔對我們一一施展支援魔法。

肌力增加與防禦力增加。

最後的祝福魔法是附贈的吧。

「那麼，祝福各位武運昌隆。我誠心祈禱，願阿克婭女神保佑各位……！」

傑斯塔露出溫柔的笑容，首次展現出有著神職人員風範的一面後，便策馬離開了。

說什麼阿克婭保佑啊，我們現在就是要去把她本人帶回來啊。

正當我揮手目送離去的馬車，心想到頭來還是討厭不了那個大叔的時候……

「……啊啊！我確認了一下行李，發現少了一件內褲！」

「咦！……啊啊，我也一樣！」

為了盡可能減輕行李的重量方便追趕阿克婭而翻找著行李的惠惠她們說出這種話來。

……看來，阿克西斯教徒還是最應該殲滅的一群人。

——或許是支援魔法的功效吧，身體比平常還要輕。

揹著大件行李的我輕快地追著阿克婭她們的時候，撞見了怪物。

話雖如此，其實是已經遭到討伐的怪物。

眼前的上坡路沿路可見怪物的屍骸三三兩兩地倒在地上。

恐怕是遭到魔劍的強烈攻擊所殺吧，地上的屍骸有的被砍掉頭，有的身體被砍成兩半，狀態頗為噁心……

「喂，和真，屍體還很軟。阿克婭他們就在不遠的前方……！」

摸著怪物的屍體，達克妮絲輕聲這麼說。

聽她這麼一說，惠惠壓抑不住急切的心情而加快了腳步，達克妮絲也跟著開始小跑步，這時——

「等我一下——！行李、我的行李很重……！不要丟下我！」

「明明是快要和夥伴重逢的感動場面，你這個男人為什麼可以這麼拖拖拉拉啊！帶著那麼大量的行李做什麼，丟掉不就好了！」

「這包行李丟不得好嗎！」

「夠了，給我！我幫你揹那包！真是的，才想說你偶爾會展現出帥氣的一面，為什麼該搞定的時候都搞不定啊……好、好重！這是什麼啊，裡面放了鍛鍊身體的健康器材嗎！出外旅行的時候就該減輕行李的重量吧！這裡面到底裝了什麼東西！」

儘管抱怨個沒完，達克妮絲還是幫我揹起行李。

雖然很丟臉，不過這就是所謂的基本參數之差。

於是，爬完上坡後的我對於眼前的光景……

「……好、好邪惡啊……」

「……是、是啊……」

不禁冒出這樣的感想，達克妮絲也輕聲贊同。

爬上坡之後，出現在我們面前的是任誰看了都會知道是頭目根據地的，一座漆黑的巨大城堡──

「好、好帥……！」

雙手緊緊抱著法杖，惠惠輕聲這麼說。

紅魔族的感性，我已經連吐嘈都──

就在這時，我的思考突然被打斷。

有了。

居高臨下看見的魔王城旁邊不遠的地方有一頭熟悉的藍髮，我遠遠就可以確認到。

「找、找到了——！」

「「！」」

兩人因為突然大叫的我而驚訝，同時理解了我找到的是什麼。

兩人定睛順著我的視線看過去，但不同於使用遠視技能的我，她們似乎還無法確認到。

阿克婭帶著御劍他們接近魔王城，顯得有點手足無措，卻還是伸出手，像是在摸索著什麼似的。

「阿克婭——！喂——！喂——！喂，混帳阿克婭——！……啊啊，可惡！」

我輕輕嘖了一聲，然後從背上拿出弓箭發動狙擊技能……！

「慢著慢著！喂，和真，你想做什麼！」

「我想你是打算放箭到他們附近去，但要是一個不小心就會戳進阿克婭的腦袋喔！我知道和真的運氣有多好，但是我也知道阿克婭的運氣有多差！」

唔！的確，被她這麼一說，我也開始覺得最後會變成這樣了。

就在我不知道該如何是好的時候，阿克婭舉起的手上發出光芒——

「呃！那個傢伙跑進去了！」

在從遠方注視著他們的我的眼前，阿克婭在結界上開了一個小洞，然後從那個洞溜進裡面去。

御劍等人也立刻跟著進去。

開在結界上的那個小洞在御劍他們經過之後轉眼間就闔上了。

不妙了，我不知道聲音能不能從結界外面傳進去，現在才用跑的過去也不知道來不來得及！

再說魔王城連個看守都沒有是怎麼回事，只要有個人在看守，我們就可以趁那些傢伙和御劍在戰鬥的時候追到了！

還是說魔王軍那些傢伙就對這個結界那麼有自信嗎？

我身旁的達克妮絲像是虛脫了似的跪倒在地上。

「……都已經來到這裡了，卻沒趕上嗎……？」

用力握緊法杖的惠惠一臉快哭出來的樣子，手足無措了起來。

「怎怎怎、怎麼辦，早知道會這樣的話應該孤注一擲讓和真狙擊就好了！」

在她冒出這種危險發言的同時，阿克婭她們的身影突然消失了。

恐怕是芸芸使用了折射光的魔法吧。

這樣一來，想要留住那些傢伙更是難上加難了——！

達克妮絲露出焦急的表情，抬頭望著我。

「你、你還有辦法吧，和真？越是在這種時候，你總是會有錦囊妙計，或者說是那種個性扭曲的人才會想到的好主意……」

喂，妳說誰個性扭曲。

「和、和真……」

一臉不安地惠惠也抬頭看著我，一副想問我是不是其實還有辦法的樣子。

……好吧，老實說，我也不是沒有辦法。

可是，用這招需要勇氣。

需要將至今建立起來的安定生活全都拋棄的那種覺悟。

——這時，看著我煩惱的模樣。

「哈哈……」

惠惠帶著快要哭出來的表情，苦笑了幾聲。

不對，仔細一看，她已經淚水盈眶，渾身顫抖了。

「唔、喂，妳怎麼了？別放棄啊，他們只是闖進魔王城裡去了，又不是阿克婭已經死了。妳這樣擅自難過起來會害她哭喔。」

我試著半開玩笑地說道，但惠惠咬緊牙關表示：

「不……如果我學了上級魔法的話。如果我不是候補魔道士，而是獨當一面的紅魔族的話……或許就能夠從阿克婭他們後面追上去了……一想到這個我就……」

「……為、為什麼？有什麼魔法可以破壞結界嗎？」

聽我這麼說，惠惠沮喪地搖了搖頭。

「如果有紅魔族喜歡用的『Light of saber』那招魔法的話，或許能夠劈開那個結界也說不定。只要施術者的能力夠強，那招魔法能夠劈開任何東西。如果，我學過那招的話。如果，我也多學了一些其他魔法的話。照理來說，像這種破解結界的工作應該是魔法師的職責。然而我卻一直賭氣不學，一次都沒有辦到魔法師該完成的工作。」

惠惠突然開始這麼說，達克妮絲則默默抱緊她。

「如果在這裡的是芸芸的話，她就可以用『Light of saber』劈開結界，或是用通訊魔法呼喚阿克婭他們了吧。如果有其他紅魔族在的話，或許可以施展規模小到不會被城裡的怪物察覺的魔法，吸引阿克婭的注意也說不定……」

被擁抱著的惠惠依然繼續著這樣的獨白，而達克妮絲輕輕把手放到她的頭上。

「真要這麼說的話我也一樣，如果我不要賭氣，點了攻擊技能的話，冒險的途中應該可以更輕鬆才對。過去的冒險自然不在話下，這次的旅行也能夠前進得更為順遂，我們應該早就追到了才對。不只惠惠，我也一樣老是把大家耍得團團轉。」

事到如今，就連達克妮絲也羞愧地說出這種話來。

看著如此惹人憐惜的兩人——

我心裡想的是，這兩個傢伙為什麼突然演起這種裝模作樣的戲碼，因為完全跟不上她們的步調而困惑。

現在既不是嚴重需要哭的場面，也不是後悔過去的人生的場面。

就算這樣丟著不管，御劍也有可能幫大家打倒魔王，也有可能隨便碰上什麼雜碎怪物就馬上哭著跑回來。

剛才惠惠說自己是候補魔道士。

她大概是回想起紅魔之里送來的名單當中，自己的名字是列在候補的欄位吧。

平常的惠惠應該會嗤之以鼻才對，或許是因為一直和她在一起的阿克婭不在身邊，讓她在旅途之中累積太多壓力了也說不定。

看起來再怎麼強，這個傢伙也還是個小鬼。

……不對，這樣就得討論想對這種小鬼這樣那樣的我又算什麼了。

——真是的。

平常明明老是爆裂爆裂的吵個沒完，這個傢伙事到如今是在後悔什麼意思的啊。

達克妮絲也是，說什麼「如果我點了攻擊技能的話」啊。

這句話一點也沒錯！

如果妳願意當個攻擊得到人的十字騎士的話，我們平常的冒險就可以更輕鬆了。

最要不得的是那個傻瓜。

平常恣意妄為到了一個極限還不夠，害我們必須跑到這種地方來接她也不滿足，竟然在我的眼前跑進魔王城去了。

這些傢伙，每個都一樣，真的是——！

「……喂，惠惠。籠罩著城堡的那個結界。那個有辦法用爆裂魔法轟掉嗎？」

「……沒辦法。無論對任何敵人都能夠造成傷害，引發純粹的魔力爆炸的爆裂魔法，如果只是要讓那個結界產生裂痕的話大概辦得到吧。但是……」

聽我這麼說，惠惠心有不甘地喃喃說了聲：「火力還不夠」。

……而我對依然垂頭喪氣的惠惠表示：

「也就是說，只有一發的話不行對吧？多轟幾發的話，有辦法硬解嗎？」

「沒、沒辦法……那種類型的結界，過了一段時間就會慢慢修復。即使發了魔法之後立刻設法恢復魔力，在下次能夠施展魔法的時候大概已經復原了吧。再說，在發了魔法之後魔王的部下應該就會到這邊來了吧……」

「也就是說，只要不間斷地連發好幾發就可以破壞了嗎？」

我打斷惠惠的發言，繼續展開問題攻勢。

有點搶拍的這句話讓惠惠在受到震懾之餘依然點了點頭。

「是、是的。可是結界的規模那麼大，一發或兩發還不夠喔。那可是連阿克婭都只能在結界上開個小洞的貨色，真要說的話得轟上好幾十發……」

「轟上好幾十發，就好了嗎？只要轟出那麼多爆裂魔法，就可以破壞那個可恨的結界了是吧？」

聽見我搶拍搶得更大了的這句話。

「可以。要破壞那個結界的話……三十……不對，應該花不了二十發吧。」

惠惠用力點頭，像是想表示唯有這點她很有自信的樣子。

——聽到她這麼說就夠了。

「喂，你是怎麼了和真。要用我們最大的殺招爆裂魔法嗎？的確，用那招或許是可以把阿克婭他們也嚇出來沒錯，但肯定也會被魔王軍發現喔。更何況，王牌這麼早出……」

我吩咐不安地對我這麼說的達克妮絲：

「達克妮絲，把我的行李給我。」

說著，我伸出手準備接過之前交給她的行李。

達克妮絲皺起眉頭顯得很煩惱的樣子，同時將背上的背包交給我。

「這麼說來，我送了鎧甲給達克妮絲，卻還沒有送惠惠任何東西對吧。」

我一邊解開背包的束口繩，一邊對惠惠笑了笑。

「咦？沒、沒關係啦，不過就是禮物。我可不是那種沒有收到昂貴的禮物就會動不動感到不安的麻煩女人喔。」

「啊！」

惠惠笑著這麼說，讓達克妮絲輕輕叫了一聲。

「喂，惠惠，妳這樣說會顯得好像我是麻煩的女人似的……！」

「我可沒有說收到鎧甲就像是心頭肉似的捧著，只要一有空就一邊竊笑一邊打磨鎧甲的達克妮絲是麻煩的女人喔。我反而覺得妳這樣很可愛。」

惠惠一邊賊笑，一邊對紅著臉的達克妮絲這麼說。

「別這樣說嘛。難得我也為妳準備了昂貴的禮物，妳不嫌棄的話就收下吧。」

「……這、這樣啊？我、我覺得，你不需要那麼客氣啦……」

「妳嘴裡這麼說，但是整張臉都笑開了喔。其實惠惠也是個麻煩的女人……啊、啊！頭髮、不要得寸進尺地一直拉我的頭髮好嗎！」

被達克妮絲這麼一調侃，兩人開始扭打了起來，這時我將背包裡的東西在兩人面前倒了出來。

「「…………」」

看見我倒出來的東西，達克妮絲和惠惠都停止動作。

「給妳的。雖然慢了很多，不過惠惠也有禮物喔。」

聽我不以為意地這麼說，惠惠突然汗如雨下，達克妮絲則是嘴巴不斷一開一闔，整個人開始顫抖。

「你、你、你你、你這個……！你這個傢伙，到底知不知道這些是多麼有價值的東西啊！應該說，品質這麼高的東西是怎麼……！」

身為貴族千金應該對於接觸鉅款很熟悉了才對，達克妮絲卻緊張到聲音沙啞，一邊喘氣一邊這麼問我。

「這些東西的價值我當然知道。害我的總財產有一大半都沒了。妳還記得我以前被巴尼爾拐走一大筆錢吧？就是我為了償還達克妮絲的債款，賣掉各式各樣的智慧財產權的時候。巴尼爾從我這裡得到的那些錢，被維茲拿去大量採購最高品質的瑪納礦石了。而我在出來旅行之前將那些全部買了下來，作為請他們在地城裡鍛鍊我的報酬。」

聽我這麼說，達克妮絲扶著額頭，站都站不穩。

「和和和和、和真……！這這這、這些……這些……！」

惠惠指著我倒出來的東西這麼說，抖得非常厲害。

「就像妳剛才聽到的，是最高品質的瑪納礦石。妳以前拿走芸芸的瑪納礦石的時候這麼說過對吧？瑪納礦石的結晶在使用魔法的時候能夠代替魔力消耗。妳還說，只有一級品等級的純度，還不足以頂替吾之爆裂魔法所需的龐大魔力。」

聽我這麼說，惠惠這次真的說不出話來了。

「然後我記得妳還這麼說了對吧——對於我這種超乎一般範疇的大魔道士而言，這種東西一點用處都沒有……來，這是配得上妳這種程度的大魔道士的最高品質的瑪納礦石。這些全部送給妳。」

惠惠拿在手上的法杖「鏗啷」一聲掉在地上。

在她身旁的達克妮絲扶著額頭，仰望天空。

「你是認真的嗎？我說，如果是品質這麼高的瑪納礦石，一顆就足以買間小房子了喔。這麼大量的瑪納礦石，全部加起來都可以買一座小城堡了喔。」

惠惠以沙啞的聲音對我這麼說。

「無所謂，儘管用別客氣。對著那座城堡的結界轟下去對了。」

我斬釘截鐵地如此表示，惠惠便以顫抖的手撿起法杖。

「可以嗎？真的？瑪納礦石是消耗道具喔。發了魔法之後，這個就會消失不見喔。」

見惠惠以不安的聲音一再確認，我再次斬釘截鐵地表示：

「無所謂，轟吧。錢是我出的，轟到把這些全部用完吧。」

聽我這麼說，惠惠似乎想像了接下來即將發生的事情，露出興奮到快要昏了頭的表情。

「真、真的可以嗎？應該說，如果連續發射爆裂魔法的話，敵人肯定會從城堡裡衝出來喔。」

「衝出來的話，就用爆裂魔法把那些傢伙也炸飛。」

惠惠緊張地吞了一口口水。

「賽蕾娜說的那個，據說比魔王還要棘手的最資深前幹部也會出來喔。那個號稱世界最強的魔法師的傢伙……」

我伸出一隻手，阻止她繼續說下去。

「無論對手是誰，經過妳鍛鍊再鍛鍊的爆裂魔法的射程肯定比較長。就在這裡對城堡進行遠距離轟炸吧。無論是魔王還是部下還是傻傻跑進城堡裡的阿克婭，全部、全部炸飛就對了！發生了這麼多事情，我累積的壓力也差不多快要爆發了！在這裡讓那些把妳當成候補人員的紅魔族好好見識一下吧！錢以後再賺就有了。我已經受夠了，什麼魔王什麼離家出走還有其他什麼的，被單方面這樣一搞再搞，心眼小到不行的我已經到達極限了！事情就是這樣，妳代替我給那些傢伙好看吧！幫我好好發洩一下！」

「喂喂喂、喂和真！你說到一半的時候插了一個不可以炸飛的名字喔！還有，乍聽之下你說得好像很帥，但其實完全是靠別人吧……」

有點臉紅的我對著從旁插嘴的達克妮絲吼回去。

「吵、吵死了！財力也是實力的一種！妳還不是不時會動用貴族千金的權力！」

「啥！等一下，貴族千金的權力是怎樣！我才沒有不當行使權力……！應、應該……沒有……才對……」

辯贏聲音慢慢變小的達克妮絲之後，我面對兩人如此宣言。

「把那個傻瓜帶回來後，這次我一定要出人頭地！現在的我可是會用各種技能的菁英冒

險者和真先生！比起住馬廄被蟾蜍追著跑的那個時候，根本是小菜一碟！」

面對完全不管三七二十一的我，惠惠突然抬起頭來。

她紅色的眼中充滿淚水，一顆淚珠潸然落下。

「包在我身上。你送給我的禮物，我會善加利用的……在我今後的人生當中，今天絕對會是難忘的一天。無視於吾之存在，擅自號稱世界最強的魔法師！那種東西，我現在就要在此炸到灰飛煙滅！」

在惠惠如此用力宣言的同時，紅魔族這個名稱由來的紅色眼睛閃著鮮豔的光芒。

這樣才是我們的主砲。

「拜託妳了，最強的魔法師。」

惠惠忍不住撲過來摟住我。

在能夠俯視魔王城的高地上，熟悉的魔法詠唱響徹四周。

「啊啊……啊啊啊啊……這樣的瑪納礦石，一顆的價值到底有多少……」

「吵死了貧窮貴族！妳用鎧甲的詛咒以防那些從城堡裡衝出來的敵人突破，所以乖乖在後面看著！」

「貧窮貴族！你、你叫誰貧窮貴族啊！從很久以前我就說過了，我們家只是避免不當詐取，不忘節儉而已，並不算貧窮！應該說之前買我的時候也好這次也好，你用錢的方式有時候真的很愚蠢！這麼大量的高品質瑪納礦石，就連國與國之間的戰爭也不會拿來用好嗎！」

「吵死了——用錢的方式很奇怪這點我自己也很清楚！可是，無論是清償債款把妳要回來的時候，還是這次！花了大錢後我從來不曾後悔過！」

「……這、這樣啊。啊，嗯。我明白了……」

聽我這麼說，達克妮絲害羞地低頭，突然安靜了下來。

……奇怪，我並不打算營造這樣的氣氛啊……

「……現在是我一生當中最大的表現機會，你們在這個時候打情罵俏什麼啊？」

正當我和害羞地忍不住瞄著我的達克妮絲之間醞釀出微妙的氣氛時，腰部以下埋在成堆的瑪納礦石裡面，一臉幸福的惠惠如此出聲表達不滿。

——有個名叫爆裂魔法的招式。

學習的困難度自然不在話下，使用魔法的時候消耗的魔力也十分驚人，而且威力更是過度殺傷到有剩，所以不是在每個地方都能用，因此成了出名的成本效益奇差無比的魔法。

然而儘管如此，只要正面中招，無論是神還是惡魔甚至是魔王，任何存在都必定會受到傷害，在人類所能運用的招式當中是終極且最強的攻擊手段。

「你送給我的瑪納礦石。我要用這些，呈現出任何大魔法師都無法重現的攻勢。接下來我要讓你看到的，是我的人生的集大成……今天的這幅光景，請你永遠不要忘記喔。」

——有個大法師被稱為搞笑魔道士，一直被調侃。

那個大法師一天只能發一次魔法，被所有小隊拒絕加入，就連同種族的同伴們都把她當成候補人員。

「吾乃惠惠！身為阿克塞爾首屈一指的大法師，乃窮究爆裂魔法之人！無論是世界最強的魔法師，還是惡魔和惡龍，甚至是魔王！我都要全部一起轟到灰飛煙滅給你看！」

即使一直被瞧不起、被調侃，仍然夢想著要成為最強的那個廢柴魔道士。

「『Explosion』——————！」

在這天，真正得到了世界最強之名。

後記

感謝各位這次拿起《為美好的世界獻上祝福！》第16集，我是作者暁なつめ。

這一集是阿克婭偏少的嚴肅（？）集數。

為了追回想要拯救人類而獨自踏上旅途的女神，自甘墮落又膽小的主角為了重要的同伴而認真鍛鍊自己，鼓起所有的勇氣下定決心要討伐魔王，這就是這次的故事（這次應該也是大致上無誤）。

關於這一集最後的惠惠，是從我當初在小說投稿網站開始寫作時，就一直想寫的場面。

明明是一支依然被蟾蜍剋得死死的廢柴小隊，卻一天到晚越級打怪，現在終於要找魔王打架了。

當初是因為想看這樣的故事才自己開始動手寫《美好世界》，希望各位讀者能夠再陪我一下下——

這麼說來，《美好世界》的電影即將在不到一個月之後上映了。（註：此為日本狀況）

這支廢柴小隊有了劇場版感覺已經功成名就到了一個境界了，站在作者的立場也是感慨萬千。

還請各位不吝在大螢幕上欣賞和真他們的精彩表現。

然後，預計在秋季，由我擔任原作，職業摔角選手大鬧異世界的寵物店漫畫《萌獸寵物店》的動畫版即將開播。（註：此為日本狀況）

這部作品也務必請各位多多支持。

如此這般，本書也能像這樣呈現在各位面前，都是以插畫師三嶋くろね老師為首，以及責編先生與美編先生與校閱先生，還有編輯部的各位，所有相關人員的功勞。

還有就是已經完全成為慣例，但是絕對不能不放的這句話，所以請恕我在此失禮——

謹向參與本書系製作工作的各位，以及最重要的，拿起這本書的所有讀者，致上最深的感謝！

暁なつめ

後記。

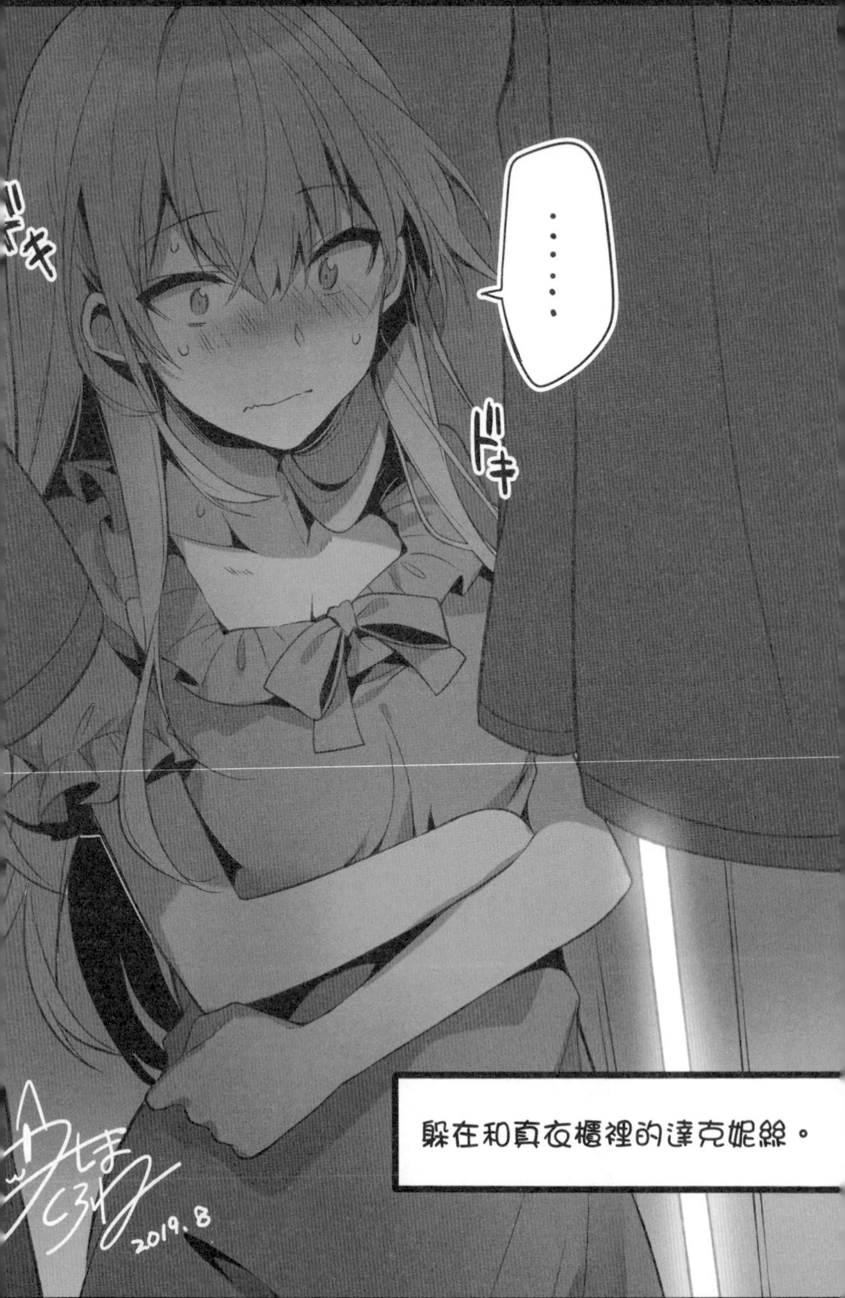
……
ドキ
ドキ
躲在和真衣櫃裡的達克妮絲。
2019.8

NEXT
開戰啦！
我以好野人之力開戰！
這就是所謂
不能讓他有錢的人嗎……
看樣子終於來到
我冠以惠惠魔王之稱
的日子了呢。
明明惠惠以前還曾說怎麼可以
用金錢之力打倒魔王……
我是
不會回首過去的女子！
魔王什麼的，
我用整綑的錢砸他！
我要燒光整座魔王城！
吶，你們是不是忘了誰了啊!?
為美好的世界獻上祝福！17
請來找我。
阿克婭

Kadokawa Light Novels

為美好的世界獻上祝福！外傳

找面具惡魔指點迷津！

Kadokawa Fantastic Novels

作者：暁なつめ　插畫：三嶋くろね

「歡迎來到諮詢處，迷惘的女孩啊！
不用客氣，無論任何煩惱都可以對吾吐露。」

低調座落於阿克塞爾的「維茲魔道具店」受到沒用老闆維茲拖累，一直處於經營困難的狀態。於是，本為魔王軍幹部又是地獄公爵，現在則是個打工人員的巴尼爾，打算以「預見未來」為冒險者提供諮詢服務好賺取報酬——巴尼爾與維茲的邂逅也終於揭曉！

NT$230/HK$70

台灣角川